語言鳥 **P**arrot

語言是通往世界的橋梁

語言鳥 **P**arrot
語言是通往世界的橋梁

附40音發音表

가벼운 마음으로 배우는 생활 한국어

輕鬆學韓語

生活實用篇：

囊括所有生活中會出現的
單字、會話以及例句
同時對動詞與句型做解說

要一次學好韓語單字、會話及文法嗎？

Easy Korean – Daily Activities

就算你是初學者，也能自信滿滿地開口說韓語！

金妍熙 企編
김연희 편저

韓國文字的結構

韓文為表音文字，分為子音和母音，韓文字就是由子音和母音所組合而成。基本母音和子音各為10個字和14個字，總共24個字。基本母音和子音在經過組合之後，形成16個複合母音和子音，提高其整體組織性，這就是「韓語40音」。

每個韓文字代表一個音節，每音節最多有四個音素，而每字的結構最多由五個字母來組成，其組合方式有以下幾種：

1. 子音加母音，例如：나（我）
2. 子音加母音加子音，例如：방（房間）
3. 子音加複合母音，例如：귀（耳）
4. 子音加複合母音加子音，例如：광（光）
5. 一個子音加母音加兩個子音，例如：값（價錢）

韓語40音發音對照表

一、基本母音（10個）

	ㅏ	ㅑ	ㅓ	ㅕ	ㅗ	ㅛ	ㅜ	ㅠ	ㅡ	ㅣ
名稱	아	야	어	여	오	요	우	유	으	이
拼音發音	a	ya	eo	yeo	o	yo	u	yu	eu	i
注音發音	ㄚ	一ㄚ	ㄜ	一ㄜ	ㄡ	一ㄡ	ㄨ	一ㄨ	(ㄜ)	一

說　明

- 韓語母音「ㅡ」的發音和「ㄜ」發音有差異，但嘴型要拉開，牙齒快要咬住的狀態，才發得準。
- 韓語母音「ㅓ」的嘴型比「ㅗ」還要大，整個嘴巴要張開成「大O」的形狀，「ㅗ」的嘴型則較小，整個嘴巴縮小到只有「小o」的嘴型，類似注音「ㄡ」。
- 韓語母音「ㅕ」的嘴型比「ㅛ」還要大，整個嘴巴要張開成「大O」的形狀，類似注音「一ㄜ」，「ㅛ」的嘴型則較小，整個嘴巴縮小到只有「小o」的嘴型，類似注音「一ㄡ」。

二、基本子音（10個）

	ㄱ	ㄴ	ㄷ	ㄹ	ㅁ	ㅂ	ㅅ	ㅇ	ㅈ	ㅊ
名稱	기역	니은	디귿	리을	미음	비읍	시옷	이응	지읒	치읓
拼音發音	k/g	n	t/d	r/l	m	p/b	s	ng	j	ch
注音發音	ㄎ	ㄋ	ㄊ	ㄌ	ㄇ	ㄆ	ㄥ（ㅜ）	不發音	ㄗ	ㄘ

說 明

• 韓語子音「ㅅ」有時讀作「ㄥ」的音，有時則讀作「ㅜ」的音，「ㅜ」音是跟母音「ㅣ」搭在一塊時才會出現。

• 韓語子音「ㅇ」放在前面或上面不發音；放在下面則讀作「ng」的音，像是用鼻音發「嗯」的音。

• 韓語子音「ㅈ」的發音和注音「ㄗ」類似，但是發音的時候更輕，氣更弱一些。

三、基本子音（氣音4個）

	ㅋ	ㅌ	ㅍ	ㅎ
名　稱	키읔	티읕	피읖	히읗
拼音發音	k	t	p	h
注音發音	ㄎ	ㄊ	ㄆ	ㄏ

說　明

- 韓語子音「ㅋ」比「ㄱ」的較重，有用到喉頭的音，音調類似國語的四聲。
  ㅋ＝ㄱ＋ㅎ
- 韓語子音「ㅌ」比「ㄷ」的較重，有用到喉頭的音，音調類似國語的四聲。
  ㅌ＝ㄷ＋ㅎ
- 韓語子音「ㅍ」比「ㅂ」的較重，有用到喉頭的音，音調類似國語的四聲。
  ㅍ＝ㅂ＋ㅎ

四、複合母音（11個）

	ㅐ	ㅒ	ㅔ	ㅖ	ㅘ	ㅙ	ㅚ	ㅞ	ㅝ	ㅟ	ㅢ
名稱	애	애	에	예	와	왜	외	웨	워	위	의
拼音發音	ae	yae	e	ye	wa	wae	oe	we	wo	wi	ui
注音發音	ㄟ	一ㄟ	ㄟ	一ㄟ	ㄨㄚ	ㄨㄟ	ㄨㄟ	ㄨㄟ	ㄨㄛ	ㄨ一	ㄜ一

說 明

- 韓語母音「ㅐ」比「ㅔ」的嘴型大，舌頭的位置比較下面，發音類似「ae」；「ㅔ」的嘴型較小，舌頭的位置在中間，發音類似「e」。不過一般韓國人讀這兩個發音都很像。

- 韓語母音「ㅒ」比「ㅖ」的嘴型大，舌頭的位置比較下面，發音類似「yae」；「ㅖ」的嘴型較小，舌頭的位置在中間，發音類似「ye」。不過很多韓國人讀這兩個發音都很像。

- 韓語母音「ㅚ」和「ㅙ」比「ㅞ」的嘴型小些，「ㅚ」的嘴型是圓的；「ㅚ」、「ㅙ」則是一樣的發音，不過很多韓國人讀這三個發音都很像，都是發類似「we」的音。

五、複合子音（5個）

	ㄲ	ㄸ	ㅃ	ㅆ	ㅉ
名　稱	쌍기역	쌍디귿	쌍비읍	쌍시옷	쌍지읒
拼音發音	kk	tt	pp	ss	jj
注音發音	ㄍ	ㄉ	ㄅ	ㄙ	ㄗ

說　明

- 韓語子音「ㅆ」比「ㅅ」用喉嚨發重音，音調類似國語的四聲。
- 韓語子音「ㅉ」比「ㅈ」用喉嚨發重音，音調類似國語的四聲。

007

六、韓語發音練習

	ㅏ	ㅑ	ㅓ	ㅕ	ㅗ	ㅛ	ㅜ	ㅠ	ㅡ	ㅣ
ㄱ	가	갸	거	겨	고	교	구	규	그	기
ㄴ	나	냐	너	녀	노	뇨	누	뉴	느	니
ㄷ	다	댜	더	뎌	도	됴	두	듀	드	디
ㄹ	라	랴	러	려	로	료	루	류	르	리
ㅁ	마	먀	머	며	모	묘	무	뮤	므	미
ㅂ	바	뱌	버	벼	보	뵤	부	뷰	브	비
ㅅ	사	샤	서	셔	소	쇼	수	슈	스	시
ㅇ	아	야	어	여	오	요	우	유	으	이
ㅈ	자	쟈	저	져	조	죠	주	쥬	즈	지
ㅊ	차	챠	처	쳐	초	쵸	추	츄	츠	치
ㅋ	카	캬	커	켜	코	쿄	쿠	큐	크	키
ㅌ	타	탸	터	텨	토	툐	투	튜	트	티
ㅍ	파	퍄	퍼	펴	포	표	푸	퓨	프	피
ㅎ	하	햐	허	혀	호	효	후	휴	흐	히
ㄲ	까	꺄	꺼	껴	꼬	꾜	꾸	뀨	끄	끼
ㄸ	따	땨	떠	뗘	또	뚀	뚜	뜌	뜨	띠
ㅃ	빠	뺘	뻐	뼈	뽀	뾰	뿌	쀼	쁘	삐
ㅆ	싸	쌰	써	쎠	쏘	쑈	쑤	쓔	쓰	씨
ㅉ	짜	쨔	쩌	쪄	쪼	쬬	쭈	쮸	쯔	찌

第二章
생활 회화
生活會話

第三章
기본 동사
基本動詞

第四章
기본 문형
基本句型

第五章
짧은 한국어 회화
韓語會話短句

第一章

생활 어휘
生活單字

시간
時間

한국어	拼音	中譯
새벽	sae byeok	清晨
아침	a chim	早上
오전	o jeon	上午
정오	jeong o	中午
오후	o hu	下午
저녁	jeo nyeok	傍晚
낮	nat	白天
밤	bam	晚上
심야	si mya	半夜
한밤중	han bam jung	午夜
하루	ha ru	一天
일주일	il ju il	一周
한 달	han dal	一個月

일년	拼音 il lyeon
	中譯 一年

시 / 분 / 초
小時/分/秒

009

한 시	拼音 han si
	中譯 一點
두 시	拼音 du si
	中譯 兩點
세 시	拼音 se si
	中譯 三點
네 시	拼音 ne si
	中譯 四點
다섯 시	拼音 da seot si
	中譯 五點
여섯 시	拼音 yeo seot si
	中譯 六點
일곱 시	拼音 il gop si
	中譯 七點
여덟 시	拼音 yeo deol si
	中譯 八點
아홉 시	拼音 a hop si
	中譯 九點
열 시	拼音 yeol si
	中譯 十點
열한 시	拼音 yeol han si
	中譯 十一點

열두 시	拼音 yeol du si
	中譯 **十二點**
10분	拼音 sip ppun
	中譯 **十分**
5초	拼音 o cho
	中譯 **五秒**

일 / 월 / 년
日 / 月 / 年

오늘	拼音 o neul
	中譯 **今天**
어제	拼音 eo je
	中譯 **昨天**
내일	拼音 nae il
	中譯 **明天**
그제	拼音 geu je
	中譯 **前天**
모레	拼音 mo re
	中譯 **後天**
글피	拼音 geul pi
	中譯 **大後天**
이번 달	拼音 i beon dal
	中譯 **這個月**
지난 달	拼音 ji nan dal
	中譯 **上個月**
다음 달	拼音 da eum dal
	中譯 **下個月**

작년	拼音 jang nyeon
	中譯 去年
재작년	拼音 jae jang nyeon
	中譯 前年
올해	拼音 ol hae
	中譯 今年
내년	拼音 nae nyeon
	中譯 明年
내후년	拼音 nae hu nyeon
	中譯 後年

요일
星期

이번 주	拼音 i beon ju
	中譯 這星期
지난 주	拼音 ji nan ju
	中譯 上星期
다음 주	拼音 da eum ju
	中譯 下星期
월요일	拼音 wo ryo il
	中譯 星期一
화요일	拼音 hwa yo il
	中譯 星期二
수요일	拼音 su yo il
	中譯 星期三
목요일	拼音 mo gyo il
	中譯 星期四

금요일	拼音	geu myo il
	中譯	星期五
토요일	拼音	to yo il
	中譯	星期六
일요일	拼音	i ryo il
	中譯	星期日

날짜
日期

일월	拼音	i rwol
	中譯	一月
이월	拼音	i wol
	中譯	二月
삼월	拼音	sa mwol
	中譯	三月
사월	拼音	sa wol
	中譯	四月
오월	拼音	o wol
	中譯	五月
유월	拼音	yu wol
	中譯	六月
칠월	拼音	chi rwol
	中譯	七月
팔월	拼音	pa rwol
	中譯	八月
구월	拼音	gu wol
	中譯	九月

시월	拼音	si wol
	中譯	十月
십일월	拼音	si bi rwol
	中譯	十一月
십이월	拼音	si bi wol
	中譯	十二月
일일	拼音	i ril
	中譯	一號
이일	拼音	i il
	中譯	二號
삼일	拼音	sa mil
	中譯	三號
사일	拼音	sa il
	中譯	四號
오일	拼音	o il
	中譯	五號
육일	拼音	yu gil
	中譯	六號
칠일	拼音	chi ril
	中譯	七號
팔일	拼音	pa ril
	中譯	八號
구일	拼音	gu il
	中譯	九號
십일	拼音	si bil
	中譯	十號
십일일	拼音	si bi ril
	中譯	十一號
십이일	拼音	si bi il
	中譯	十二號
십삼일	拼音	sip ssa mil
	中譯	十三號

십사일	拼音 sip ssa il
	中譯 十四號
이십일	拼音 i si bil
	中譯 二十號
삼십일	拼音 sam si bil
	中譯 三十號

시제
時態

현재	拼音 hyeon jae
	中譯 現在
과거	拼音 gwa geo
	中譯 過去
미래	拼音 mi rae
	中譯 未來
이전	拼音 i jeon
	中譯 以前
이후	拼音 i hu
	中譯 以後
요즘	拼音 yo jeum
	中譯 最近
최근	拼音 choe geun
	中譯 最近

계절
季節

봄	拼音	bom
	中譯	春
여름	拼音	yeo reum
	中譯	夏
가을	拼音	ga eul
	中譯	秋
겨울	拼音	gyeo ul
	中譯	冬

날씨
天氣

맑은 날	拼音	mal geun nal
	中譯	晴天
흐린 날	拼音	heu rin nal
	中譯	陰天
먹구름	拼音	meok kku reum
	中譯	烏雲
번개	拼音	beon gae
	中譯	閃電
천둥	拼音	cheon dung
	中譯	雷

가랑비	拼音 ga rang bi
	中譯 毛毛雨
소나기	拼音 so na gi
	中譯 雷陣雨
장마	拼音 jang ma
	中譯 雨季
자외선	拼音 ja oe seon
	中譯 紫外線
구름	拼音 gu reum
	中譯 雲
눈	拼音 nun
	中譯 雪
바람	拼音 ba ram
	中譯 風
안개	拼音 an gae
	中譯 霧

일기예보
天氣預報

016

기상	拼音 gi sang
	中譯 氣象
기후	拼音 gi hu
	中譯 氣候
기온	拼音 gi on
	中譯 氣溫
영하	拼音 yeong ha
	中譯 零下

섭씨	拼音 seop ssi
	中譯 **攝氏**
화씨	拼音 hwa ssi
	中譯 **華氏**
최고기온	拼音 choe go gi on
	中譯 **最高氣溫**
최저기온	拼音 choe jeo gi on
	中譯 **最低氣溫**
강수량	拼音 gang su ryang
	中譯 **降水量**
강설량	拼音 gang seol lyang
	中譯 **降雪量**
호우주의보	拼音 ho u ju ui bo
	中譯 **豪雨特報**
고기압	拼音 go gi ap
	中譯 **高氣壓**
저기압	拼音 jeo gi ap
	中譯 **低氣壓**

단위
單位

길이	拼音 gi ri
	中譯 **長度**
높이	拼音 no pi
	中譯 **高度**
깊이	拼音 gi pi
	中譯 **深度**

폭	拼音 pok
	中譯 **寬度**
무게	拼音 mu ge
	中譯 **重量**
크기	拼音 keu gi
	中譯 **大小**
면적	拼音 myeon jeok
	中譯 **面積**
체적	拼音 che jeok
	中譯 **體積**
용적	拼音 yong jeok
	中譯 **容積**
그램	拼音 geu raem
	中譯 **克**
킬로그램	拼音 kil lo geu raem
	中譯 **公斤**
톤	拼音 ton
	中譯 **噸**
밀리미터	拼音 mil li mi teo
	中譯 **毫米**
밀리그램	拼音 mil li geu raem
	中譯 **毫克**
센티미터	拼音 sen ti mi teo
	中譯 **公分**
리터	拼音 ri teo
	中譯 **升**
미터	拼音 mi teo
	中譯 **公尺**
킬로미터	拼音 kil lo mi teo
	中譯 **公里**
마일	拼音 ma il
	中譯 **英哩**

야드	拼音 ya deu
	中譯 碼
피트	拼音 pi teu
	中譯 英尺
인치	拼音 in chi
	中譯 英寸
평방미터	拼音 pyeong bang mi teo
	中譯 平方公尺
헥타르	拼音 hek ta reu
	中譯 公頃
평방 킬로미터	拼音 pyeong bang kil lo mi teo
	中譯 平方公里
밀리리터	拼音 mil li ri teo
	中譯 毫升
킬로리터	拼音 kil lo ri teo
	中譯 千升
아르	拼音 a reu
	中譯 公畝

방향
方向

북쪽	拼音 buk jjok
	中譯 北邊
남쪽	拼音 nam jjok
	中譯 南邊
동쪽	拼音 dong jjok
	中譯 東邊

서쪽	拼音 seo jjok
	中譯 **西邊**
위쪽	拼音 wi jjok
	中譯 **上方**
아래쪽	拼音 a rae jjok
	中譯 **下方**
왼쪽	拼音 oen jjok
	中譯 **左邊**
오른쪽	拼音 o reun jjok
	中譯 **右邊**
옆	拼音 yeop
	中譯 **旁邊**
앞쪽	拼音 ap jjok
	中譯 **前方**
뒤쪽	拼音 dwi jjok
	中譯 **後方**
안쪽	拼音 an jjok
	中譯 **裡面**
바깥쪽	拼音 ba kkat jjok
	中譯 **外面**
이쪽	拼音 i jjok
	中譯 **這邊**
저쪽	拼音 jeo jjok
	中譯 **那邊**
중간	拼音 jung gan
	中譯 **中間**
맞은편	拼音 ma jeun pyeon
	中譯 **對面**
대각선 쪽	拼音 dae gak sseon jjok
	中譯 **斜對面**
근처	拼音 geun cheo
	中譯 **附近**

위치	拼音 wi chi
	中譯 **位置**
이리	拼音 i ri
	中譯 **這邊**
저리	拼音 jeo ri
	中譯 **那邊**
여기	拼音 yeo gi
	中譯 **這裡**
거기	拼音 geo gi
	中譯 **那裡（近稱）**
저기	拼音 jeo gi
	中譯 **那裡（遠稱）**

색깔
顏色

MP3 019

흰색	拼音 hin saek
	中譯 **白色**
하얀색	拼音 ha yan saek
	中譯 **白色**
검은색	拼音 geo meun saek
	中譯 **黑色**
노랑색	拼音 no rang saek
	中譯 **黃色**
오렌지색	拼音 o ren ji saek
	中譯 **橘黃色**
녹색	拼音 nok ssaek
	中譯 **綠色**

한국어	拼音	中譯
초록색	cho rok ssaek	草綠色
연두색	yeon du saek	淺綠色
청록색	cheong nok ssaek	藍綠色
푸른색	pu reun saek	藍色
파란색	pa ran saek	藍色
하늘색	ha neul ssaek	天空色
붉은색	bul geun saek	紅色
빨간색	ppal kkan saek	紅色
주홍색	ju hong saek	朱紅色
핑크색	ping keu saek	粉紅色（pink）
자주색	ja ju saek	紫色
갈색	gal ssaek	褐色
회색	hoe saek	灰色
커피색	keo pi saek	咖啡色（coffee）
금색	geum saek	金色
은색	eun saek	銀色

동색	拼音 dong saek
	中譯 **銅色**
얕은색	拼音 ya teun saek
	中譯 **淺色**
짙은색	拼音 ji teun saek
	中譯 **深色**
장미색	拼音 jang mi saek
	中譯 **玫瑰色**
상아색	拼音 sang a saek
	中譯 **象牙色**
피부색	拼音 pi bu saek
	中譯 **皮膚色**

별 자리
星座

물병 자리	拼音 mul byeong ja ri
	中譯 **水瓶座**
물고기 자리	拼音 mul go gi ja ri
	中譯 **雙魚座**
양 자리	拼音 yang ja ri
	中譯 **牡羊座**
황소 자리	拼音 hwang so ja ri
	中譯 **金牛座**
쌍둥이 자리	拼音 ssang dung i ja ri
	中譯 **雙子座**
게 자리	拼音 ge ja ri
	中譯 **巨蟹座**

사자 자리	拼音 sa ja ja ri
	中譯 獅子座
처녀 자리	拼音 cheo nyeo ja ri
	中譯 處女座
천칭 자리	拼音 cheon ching ja ri
	中譯 天秤座
전갈 자리	拼音 jeon gal jja ri
	中譯 天蠍座
사수 자리	拼音 sa su ja ri
	中譯 射手座
염소 자리	拼音 yeom so ja ri
	中譯 魔羯座

띠
生肖

쥐	拼音 jwi
	中譯 鼠
소	拼音 so
	中譯 牛
호랑이	拼音 ho rang i
	中譯 虎
토끼	拼音 to kki
	中譯 兔
용	拼音 yong
	中譯 龍
뱀	拼音 baem
	中譯 蛇

말	拼音 mal
	中譯 **馬**
양	拼音 yang
	中譯 **羊**
원숭이	拼音 won sung i
	中譯 **猴**
닭	拼音 dak
	中譯 **雞**
개	拼音 gae
	中譯 **狗**
돼지	拼音 dwae ji
	中譯 **豬**

가족
家族

MP3 022

아버지	拼音 a beo ji
	中譯 **爸爸**
어머니	拼音 eo meo ni
	中譯 **媽媽**
형	拼音 hyeong
	中譯 **哥哥（弟稱呼兄）**
오빠	拼音 o ppa
	中譯 **哥哥（妹稱呼兄）**
언니	拼音 eon ni
	中譯 **姊姊（妹稱呼姊）**
누나	拼音 nu na
	中譯 **姊姊（弟稱呼姊）**

39

남동생	拼音 nam dong saeng
	中譯 **弟弟**
여동생	拼音 yeo dong saeng
	中譯 **妹妹**
할머니	拼音 hal meo ni
	中譯 **奶奶**
할아버지	拼音 ha ra beo ji
	中譯 **爺爺**
형수	拼音 hyeong su
	中譯 **嫂嫂**
제수	拼音 je su
	中譯 **弟媳**
매부	拼音 mae bu
	中譯 **妹夫**
형부	拼音 hyeong bu
	中譯 **姊夫**
남편	拼音 nam pyeon
	中譯 **丈夫**
아내	拼音 a nae
	中譯 **妻子**
자녀	拼音 ja nyeo
	中譯 **子女**
아들	拼音 a deul
	中譯 **兒子**
딸	拼音 ttal
	中譯 **女兒**
며느리	拼音 myeo neu ri
	中譯 **媳婦**
사위	拼音 sa wi
	中譯 **女婿**
손자	拼音 son ja
	中譯 **孫子**

| 손녀 | 拼音 son nyeo |
| | 中譯 **孫女** |

친척
親戚

큰 아버지	拼音 keun a beo ji
	中譯 **伯父**
작은 아버지	拼音 ja geun a beo ji
	中譯 **叔叔**
큰어머니	拼音 keu neo meo ni
	中譯 **伯母**
작은 어머니	拼音 ja geun eo meo ni
	中譯 **嬸嬸**
고모부	拼音 go mo bu
	中譯 **姑丈**
고모	拼音 go mo
	中譯 **姑姑**
외할아버지	拼音 oe ha ra beo ji
	中譯 **外公**
외할머니	拼音 oe hal meo ni
	中譯 **外婆**
이모부	拼音 i mo bu
	中譯 **姨丈**
이모	拼音 i mo
	中譯 **姨媽**
외삼촌	拼音 oe sam chon
	中譯 **舅舅**

외숙모	拼音 oe sung mo
	中譯 **舅媽**
친정	拼音 chin jeong
	中譯 **娘家**
시댁	拼音 si daek
	中譯 **婆家**
사돈	拼音 sa don
	中譯 **親家**
시아버지	拼音 si a beo ji
	中譯 **公公**
시어머니	拼音 si eo meo ni
	中譯 **婆婆**
도련님	拼音 do ryeon nim
	中譯 **小叔子**
처가	拼音 cheo ga
	中譯 **岳父岳母家**
장인	拼音 jang in
	中譯 **岳父**
장모	拼音 jang mo
	中譯 **岳母**
처남	拼音 cheo nam
	中譯 **小舅子**
사촌 형제	拼音 sa chon hyeong je
	中譯 **堂兄弟**
외사촌 형제	拼音 oe sa chon hyeong je
	中譯 **表兄弟**
조카	拼音 jo ka
	中譯 **姪兒**

인간관계
人際關係

친구	拼音	chin gu
	中譯	朋友
선생님	拼音	seon saeng nim
	中譯	老師
손님	拼音	son nim
	中譯	客人
제자	拼音	je ja
	中譯	弟子
상사	拼音	sang sa
	中譯	上司
부하	拼音	bu ha
	中譯	屬下
동료	拼音	dong nyo
	中譯	同事

호칭
稱呼

아가씨	拼音	a ga ssi
	中譯	小姐
아저씨	拼音	a jeo ssi
	中譯	大叔

손님	拼音 son nim
	中譯 **客人**
젊은이	拼音 jeol meu ni
	中譯 **年輕人**
할아버지	拼音 ha ra beo ji
	中譯 **老爺爺**
할머니	拼音 hal meo ni
	中譯 **老奶奶**
아주머니	拼音 a ju meo ni
	中譯 **阿姨**
부인	拼音 bu in
	中譯 **夫人／太太**
여사	拼音 yeo sa
	中譯 **女士**
선생	拼音 seon saeng
	中譯 **先生**
어린이	拼音 eo ri ni
	中譯 **小孩子**
꼬마	拼音 kko ma
	中譯 **小朋友**

인체
人體

026

몸	拼音 mom
	中譯 **身體**
몸통	拼音 mom tong
	中譯 **身軀**

체격	拼音 che gyeok
	中譯 **體格**
신체	拼音 sin che
	中譯 **身體**
근육	拼音 geu nyuk
	中譯 **肌肉**
뼈	拼音 ppyeo
	中譯 **骨頭**
피부	拼音 pi bu
	中譯 **皮膚**
혈관	拼音 hyeol gwan
	中譯 **血管**
혈액	拼音 hyeo raek
	中譯 **血液**
정맥	拼音 jeong maek
	中譯 **靜脈**
동맥	拼音 dong maek
	中譯 **動脈**

얼굴
臉

MP3 027

눈	拼音 nun
	中譯 **眼睛**
귀	拼音 gwi
	中譯 **耳**
입	拼音 ip
	中譯 **口**

코	拼音 ko
	中譯 鼻子
혀	拼音 hyeo
	中譯 舌
눈썹	拼音 nun sseop
	中譯 眉毛
이마	拼音 i ma
	中譯 額頭
턱	拼音 teok
	中譯 下巴
입술	拼音 ip ssul
	中譯 嘴唇
눈동자	拼音 nun ttong ja
	中譯 眼珠
콧구멍	拼音 kot kku meong
	中譯 鼻孔
귓구멍	拼音 gwit kku meong
	中譯 耳孔
속눈썹	拼音 song nun sseop
	中譯 眼睫毛
이빨	拼音 i ppal
	中譯 牙齒
볼	拼音 bol
	中譯 臉頰
수염	拼音 su yeom
	中譯 鬍鬚
쌍꺼풀	拼音 ssang kkeo pul
	中譯 雙眼皮
홑꺼풀	拼音 hot kkeo pul
	中譯 單眼皮

상반신
上半身

목	**拼音** mok	
	中譯 脖子	
손	**拼音** son	
	中譯 手	
팔	**拼音** pal	
	中譯 胳膊	
어깨	**拼音** eo kkae	
	中譯 肩	
허리	**拼音** heo ri	
	中譯 腰	
등	**拼音** deung	
	中譯 背	
가슴	**拼音** ga seum	
	中譯 胸	
배	**拼音** bae	
	中譯 肚子	
배꼽	**拼音** bae kkop	
	中譯 肚臍	
젖꼭지	**拼音** jeot kkok jji	
	中譯 乳頭	
겨드랑이	**拼音** gyeo deu rang i	
	中譯 腋下	
유방	**拼音** yu bang	
	中譯 乳房	

손
手

팔꿈치	拼音 pal kkum chi
	中譯 **手肘**
손목	拼音 son mok
	中譯 **手腕**
손가락	拼音 son ga rak
	中譯 **手指**
손바닥	拼音 son ba dak
	中譯 **手掌**
손등	拼音 son deung
	中譯 **手背**
엄지 손가락	拼音 eom ji son ga rak
	中譯 **拇指**
검지	拼音 geom ji
	中譯 **食指**
중지	拼音 jung ji
	中譯 **中指**
약지	拼音 yak jji
	中譯 **無名指**
새끼 손가락	拼音 sae kki son ga rak
	中譯 **小指**

하반신
下半身

발	拼音 bal
	中譯 **腳**
다리	拼音 da ri
	中譯 **腿**
발가락	拼音 bal kka rak
	中譯 **腳趾**
대퇴	拼音 dae toe
	中譯 **大腿**
발톱	拼音 bal top
	中譯 **腳指甲**
무릎	拼音 mu reup
	中譯 **膝蓋**
발등	拼音 bal tteung
	中譯 **腳背**
발바닥	拼音 bal ppa dak
	中譯 **腳底**
엉덩이	拼音 eong deong i
	中譯 **屁股**
종아리	拼音 jong a ri
	中譯 **小腿**
슬개골	拼音 seul kkae gol
	中譯 **膝蓋骨**

신체 내부
身體內部

| 위 | 拼音 wi |
| | 中譯 **胃** |

심장	拼音 sim jang	中譯 **心臟**
뇌	拼音 noe	中譯 **腦**
내장	拼音 nae jang	中譯 **內臟**
간	拼音 gan	中譯 **肝**
폐	拼音 pye	中譯 **肺**
맹장	拼音 maeng jang	中譯 **盲腸**
신장	拼音 sin jang	中譯 **腎臟**
십이지장	拼音 si bi ji jang	中譯 **十二指腸**
방광	拼音 bang gwang	中譯 **膀胱**
자궁	拼音 ja gung	中譯 **子宮**

주거 생활
居住生活

032

일어나다	拼音 i reo na da	中譯 **起床**
세수하다	拼音 se su ha da	中譯 **洗臉**

양치질하다	拼音	yang chi jil ha da
	中譯	漱口
옷을 갈아입다	拼音	o seul kka ra ip tta
	中譯	**換衣服**
샤워 하다	拼音	sya wo ha da
	中譯	**洗澡**
텔레비전을 보다	拼音	tel le bi jeo neul ppo da
	中譯	**看電視**
잠을 자다	拼音	ja meul jja da
	中譯	**睡覺**

집 내부
房屋內部

MP3
033

거실	拼音	geo sil
	中譯	**客廳**
욕실	拼音	yok ssil
	中譯	**浴室**
방	拼音	bang
	中譯	**房間**
부엌	拼音	bu eok
	中譯	**廚房**
침실	拼音	chim sil
	中譯	**寢室**
베란다	拼音	be ran da
	中譯	**陽臺**
문	拼音	mun
	中譯	**門**

창문	拼音 chang mun
	中譯 **窗戶**
벽	拼音 byeok
	中譯 **牆壁**
계단	拼音 gye dan
	中譯 **樓梯**
윗층	拼音 wit cheung
	中譯 **樓上**
아래층	拼音 a rae cheung
	中譯 **樓下**
뜰	拼音 tteul
	中譯 **院子**

가구
家具

침대	拼音 chim dae
	中譯 **床**
책상	拼音 chaek ssang
	中譯 **書桌**
의자	拼音 ui ja
	中譯 **椅子**
옷장	拼音 ot jjang
	中譯 **衣櫃**
책꽂이	拼音 chaek kko ji
	中譯 **書架**
식탁	拼音 sik tak
	中譯 **餐桌**

소파	拼音 so pa
	中譯 沙發
장식장	拼音 jang sik jjang
	中譯 裝飾櫃
화장대	拼音 hwa jang dae
	中譯 梳妝台
서랍	拼音 seo rap
	中譯 抽屜
찬장	拼音 chan jang
	中譯 碗櫥
돗자리	拼音 dot jja ri
	中譯 涼席

침구
寢具

MP3 035

싱글침대	拼音 sing geul chim ttae
	中譯 單人床
더블침대	拼音 deo beul chim ttae
	中譯 雙人床
이층침대	拼音 i cheung chim dae
	中譯 上下鋪
아기침대	拼音 a gi chim dae
	中譯 嬰兒床
이불	拼音 i bul
	中譯 被子
베개	拼音 be gae
	中譯 枕頭

담요	拼音 dam nyo
	中譯 毛毯
전기담요	拼音 jeon gi da myo
	中譯 電熱毯
매트리스	拼音 mae teu ri seu
	中譯 床墊
침대 시트	拼音 chim dae si teu
	中譯 床單
침대커버	拼音 chim dae keo beo
	中譯 床罩
요	拼音 yo
	中譯 墊被
카페트	拼音 ka pe teu
	中譯 地毯

가전
家電

텔레비전	拼音 tel le bi jeon
	中譯 電視機
전기밥통	拼音 jeon gi bap tong
	中譯 電飯鍋
전자 레인지	拼音 jeon ja re in ji
	中譯 微波爐
에어컨	拼音 e eo keon
	中譯 冷氣
선풍기	拼音 seon pung gi
	中譯 電扇

세탁기	拼音 se tak kki
	中譯 **洗衣機**
냉장고	拼音 naeng jang go
	中譯 **電冰箱**
청소기	拼音 cheong so gi
	中譯 **吸塵器**
가스레인지	拼音 ga seu re in ji
	中譯 **瓦斯爐**
오븐	拼音 o beun
	中譯 **烤箱**
전기난로	拼音 jeon gi nal lo
	中譯 **電暖爐**
다리미	拼音 da ri mi
	中譯 **熨斗**
드라이어	拼音 deu ra i eo
	中譯 **吹風機**

컴퓨터 주변기기
電腦周邊配備

컴퓨터	拼音 keom pyu teo
	中譯 **電腦**
데스크톱	拼音 de seu keu top
	中譯 **桌上型電腦**
노트북	拼音 no teu buk
	中譯 **筆記型電腦**
모니터	拼音 mo ni teo
	中譯 **螢幕**

키보드	拼音 ki bo deu
	中譯 鍵盤
마우스	拼音 ma u seu
	中譯 滑鼠
스피커	拼音 seu pi keo
	中譯 喇叭
스캐너	拼音 seu kae neo
	中譯 掃描機
프린터	拼音 peu rin teo
	中譯 印表機
모뎀	拼音 mo dem
	中譯 數據機
하드웨어	拼音 ha deu we eo
	中譯 硬體
소프트웨어	拼音 so peu teu we eo
	中譯 軟體
하드 디스크	拼音 ha deu di seu keu
	中譯 硬碟

가정 잡화
家庭雜貨

038

거울	拼音 geo ul
	中譯 鏡子
우산	拼音 u san
	中譯 雨傘
휴지통	拼音 hyu ji tong
	中譯 垃圾桶

손전등	拼音 son jeon deung
	中譯 **手電筒**
체중계	拼音 che jung gye
	中譯 **體重計**
라이터	拼音 ra i teo
	中譯 **打火機**
온도계	拼音 on do gye
	中譯 **溫度計**
화분	拼音 hwa bun
	中譯 **花盆**
액자	拼音 aek jja
	中譯 **相框**
벽시계	拼音 byeok ssi gye
	中譯 **壁鐘**
달력	拼音 dal lyeok
	中譯 **日曆**
꽃병	拼音 kkot ppyeong
	中譯 **花瓶**
자명종	拼音 ja myeong jong
	中譯 **鬧鐘**

화장품
化妝品

039

메이크업베이스	拼音 me i keu eop ppe i seu
	中譯 **隔離霜**
파운데이션	拼音 pa un de i syeon
	中譯 **粉底霜**

아이라이너	拼音 a i ra i neo	中譯 眼線筆
마스카라	拼音 ma seu ka ra	中譯 睫毛膏
립스틱	拼音 rip sseu tik	中譯 口紅
볼터치	拼音 bol teo chi	中譯 腮紅
아이섀도우	拼音 a i syae do u	中譯 眼影
인조눈썹	拼音 in jo nun sseop	中譯 假睫毛
아이브로우 펜슬	拼音 a i beu ro u pen seul	中譯 眉筆
눈썹집게	拼音 nun sseop jjip kke	中譯 睫毛夾
브러쉬	拼音 beu reo swi	中譯 腮紅刷
컴팩트	拼音 keom paek teu	中譯 粉餅
분첩	拼音 bun cheop	中譯 粉撲

피부 관리
皮膚管理

| 에센스 | 拼音 e sen seu | 中譯 精華液 |

보톡스	拼音 bo tok sseu
	中譯 玻尿酸
보습제	拼音 bo seup jje
	中譯 保濕液
스킨	拼音 seu kin
	中譯 化妝水
로션	拼音 ro syeon
	中譯 乳液
아이크림	拼音 a i keu rim
	中譯 眼霜
립 케어	拼音 rip ke eo
	中譯 護唇膏
마스크 팩	拼音 ma seu keu paek
	中譯 面膜
모이스쳐 크림	拼音 mo i seu cheo keu rim
	中譯 保濕霜
핸드크림	拼音 haen deu keu rim
	中譯 護手霜
미백 마스크 팩	拼音 mi baek ma seu keu paek
	中譯 美白面膜
각질 제거제	拼音 gak jjil je geo je
	中譯 去角質劑
훼이셜 클렌저	拼音 hwe i syeol keul len jeo
	中譯 洗面乳

과일
水果

사과	拼音 sa gwa
	中譯 **蘋果**
배	拼音 bae
	中譯 **梨子**
바나나	拼音 ba na na
	中譯 **香蕉**
딸기	拼音 ttal kki
	中譯 **草莓**
감귤	拼音 gam gyul
	中譯 **蜜橘**
오렌지	拼音 o ren ji
	中譯 **柳橙**
레몬	拼音 re mon
	中譯 **檸檬**
복숭아	拼音 bok ssung a
	中譯 **桃子**
멜론	拼音 mel lon
	中譯 **哈密瓜**
방울 토마토	拼音 bang ul to ma to
	中譯 **小番茄**
파인애플	拼音 pa i nae peul
	中譯 **鳳梨**
포도	拼音 po do
	中譯 **葡萄**
수박	拼音 su bak
	中譯 **西瓜**

식사
用餐

아침식사	拼音 a chim sik ssa
	中譯 **早餐**
점심식사	拼音 jeom sim sik ssa
	中譯 **午餐**
저녁식사	拼音 jeo nyeok ssik ssa
	中譯 **晚餐**
주식	拼音 ju sik
	中譯 **主食**
부식	拼音 bu sik
	中譯 **副食**
야식	拼音 ya sik
	中譯 **消夜**
분식	拼音 bun sik
	中譯 **麵食**
디저트	拼音 di jeo teu
	中譯 **點心**
반찬	拼音 ban chan
	中譯 **小菜**
식당	拼音 sik ttang
	中譯 **餐館**
레스토랑	拼音 re seu to rang
	中譯 **餐廳**
패스트푸드	拼音 pae seu teu pu deu
	中譯 **速食**
뷔페	拼音 bwi pe
	中譯 **自助餐**

육류
肉類

61

돼지고기	拼音 dwae ji go gi
	中譯 **豬肉**
닭고기	拼音 dal kko gi
	中譯 **雞肉**
양고기	拼音 yang go gi
	中譯 **羊肉**
소고기	拼音 so go gi
	中譯 **牛肉**
오리고기	拼音 o ri go gi
	中譯 **鴨肉**
거위 고기	拼音 geo wi go gi
	中譯 **鵝肉**
소시지	拼音 so si ji
	中譯 **香腸**
햄	拼音 haem
	中譯 **火腿**
베이컨	拼音 be i keon
	中譯 **培根**
갈비	拼音 gal ppi
	中譯 **排骨**
기름진 고기	拼音 gi reum jin go gi
	中譯 **肥肉**
살코기	拼音 sal ko kki
	中譯 **瘦肉**
삼겹살	拼音 sam gyeop ssal
	中譯 **五花肉**

채소
蔬菜

여주	拼音 yeo ju
	中譯 **苦瓜**
미나리	拼音 mi na ri
	中譯 **芹菜**
시금치	拼音 si geum chi
	中譯 **菠菜**
당근	拼音 dang geun
	中譯 **紅蘿蔔**
가지	拼音 ga ji
	中譯 **茄子**
부추	拼音 bu chu
	中譯 **韭菜**
토란	拼音 to ran
	中譯 **芋頭**
브로콜리	拼音 beu ro kol li
	中譯 **花椰菜**
호박	拼音 ho bak
	中譯 **南瓜**
고구마	拼音 go gu ma
	中譯 **地瓜**
오이	拼音 o i
	中譯 **小黃瓜**
배추	拼音 bae chu
	中譯 **白菜**
양파	拼音 yang pa
	中譯 **洋蔥**
마늘	拼音 ma neul
	中譯 **大蒜**
파	拼音 pa
	中譯 **蔥**
생강	拼音 saeng gang
	中譯 **生薑**

고추	拼音 go chu
	中譯 辣椒
피망	拼音 pi mang
	中譯 青椒
무	拼音 mu
	中譯 蘿蔔
감자	拼音 gam ja
	中譯 馬鈴薯
표고버섯	拼音 pyo go beo seot
	中譯 香菇
팽이버섯	拼音 paeng i beo seot
	中譯 金針菇
목이버섯	拼音 mo gi beo seot
	中譯 黑木耳
죽순	拼音 j juk ssun
	中譯 竹筍
풋고추	拼音 put kko chu
	中譯 青辣椒
상추	拼音 sang chu
	中譯 生菜
콩나물	拼音 kong na mul
	中譯 黃豆芽
옥수수	拼音 ok ssu su
	中譯 玉米
두부	拼音 du bu
	中譯 豆腐

해산물
海產

붕어	拼音	bung eo
	中譯	**鯽魚**
송어	拼音	song eo
	中譯	**鱒魚**
뱀장어	拼音	baem jang eo
	中譯	**鰻魚**
넙치	拼音	neop chi
	中譯	**比目魚**
도미	拼音	do mi
	中譯	**鯛魚**
게	拼音	ge
	中譯	**螃蟹**
가리비	拼音	ga ri bi
	中譯	**干貝**
모시조개	拼音	mo si jo gae
	中譯	**蛤蜊**
굴	拼音	gul
	中譯	**牡蠣**
해파리	拼音	hae pa ri
	中譯	**海蜇皮**
해삼	拼音	hae sam
	中譯	**海參**
성게	拼音	seong ge
	中譯	**海膽**
오징어	拼音	o jing eo
	中譯	**魷魚**
다시마	拼音	da si ma
	中譯	**海帶**
참치	拼音	cham chi
	中譯	**鮪魚**
새우	拼音	sae u
	中譯	**蝦子**

조미료
調味料

간장	拼音 gan jang
	中譯 **醬油**
화학조미료	拼音 hwa hak jjo mi ryo
	中譯 **味精**
소금	拼音 so geum
	中譯 **鹽巴**
고추장	拼音 go chu jang
	中譯 **辣椒醬**
식초	拼音 sik cho
	中譯 **食用醋**
식용유	拼音 si gyong nyu
	中譯 **食用油**
설탕	拼音 seol tang
	中譯 **糖**
된장	拼音 doen jang
	中譯 **大醬**
버터	拼音 beo teo
	中譯 **奶油**
요리술	拼音 yo ri sul
	中譯 **料理酒**

계 란
雞蛋

노른자	拼音 no reun ja
	中譯 **蛋黃**
흰자	拼音 hin ja
	中譯 **蛋白**
날달걀	拼音 nal ttal kkyal
	中譯 **生雞蛋**

유제품
奶製品

우유	拼音 u yu
	中譯 **牛奶**
분유	拼音 bu nyu
	中譯 **奶粉**
치즈	拼音 chi jeu
	中譯 **起司**
마요네즈	拼音 ma yo ne jeu
	中譯 **沙拉醬**
요구르트	拼音 yo gu reu teu
	中譯 **養樂多**
버터	拼音 beo teo
	中譯 **奶油**
마가린	拼音 ma ga rin
	中譯 **人造奶油**
생크림	拼音 saeng keu rim
	中譯 **鮮奶油**

빵
麵包

샌드위치	拼音 saen deu wi chi	
	中譯 **三明治**	
파이	拼音 pa i	
	中譯 **派**	
케이크	拼音 ke i keu	
	中譯 **蛋糕**	
도넛	拼音 do neot	
	中譯 **甜甜圈**	
아이스크림	拼音 a i seu keu rim	
	中譯 **冰淇淋**	
무스케이크	拼音 mu seu ke i keu	
	中譯 **慕斯蛋糕**	
치즈케이크	拼音 chi jeu ke i keu	
	中譯 **起司蛋糕**	
슈크림	拼音 syu keu rim	
	中譯 **泡芙**	
크레프	拼音 keu re peu	
	中譯 **可麗餅**	
와플	拼音 wa peul	
	中譯 **鬆餅**	
풀빵	拼音 pul ppang	
	中譯 **鯛魚燒**	
팥떡	拼音 pat tteok	
	中譯 **紅豆糕**	

간식
零食

050

비스켓	拼音 bi seu ket
	中譯 **夾心餅乾**
팝콘	拼音 pap kon
	中譯 **爆米花**
초콜렛	拼音 cho kol let
	中譯 **巧克力**
캔디	拼音 kaen di
	中譯 **糖果**
젤리	拼音 jel li
	中譯 **果凍**
껌	拼音 kkeom
	中譯 **口香糖**
포테이토칩	拼音 po te i to chip
	中譯 **洋芋片**
밀크캐러멜	拼音 mil keu kae reo mel
	中譯 **牛奶糖**
아이스바	拼音 a i seu ba
	中譯 **冰棒**
푸딩	拼音 pu ding
	中譯 **布丁**
양갱	拼音 yang gaeng
	中譯 **羊羹**
센베이	拼音 sen be i
	中譯 **仙貝**
과자	拼音 gwa ja
	中譯 **餅乾**

패스트푸드
速食

한국어	拼音	中譯
햄버거	haem beo geo	漢堡
프렌치 프라이	peu ren chi peu ra i	薯條
핫도그	hat tto geu	熱狗
피자	pi ja	披薩
치킨	chi kin	炸雞
콜라	kol la	可樂
아이스크림	a i seu keu rim	冰淇淋
샐러드	sael leo deu	沙拉
스프라이트	seu peu ra i teu	雪碧
밀크 쉐이크	mil keu swe i keu	奶昔
사이다	sa i da	汽水
환타	hwan ta	芬達
펩시콜라	pep ssi kol la	百事可樂

주류
酒類

맥주	拼音 maek jju
	中譯 **啤酒**
소주	拼音 so ju
	中譯 **燒酒**
와인	拼音 wa in
	中譯 **紅酒**
생맥주	拼音 saeng maek jju
	中譯 **生啤酒**
위스키	拼音 wi seu ki
	中譯 **威士忌**
브랜디	拼音 beu raen di
	中譯 **白蘭地**
양주	拼音 yang ju
	中譯 **洋酒**
화이트와인	拼音 hwa i teu wa in
	中譯 **白酒**
샴페인	拼音 syam pe in
	中譯 **香檳**
칵테일	拼音 kak te il
	中譯 **雞尾酒**
과실주	拼音 gwa sil ju
	中譯 **水果酒**
막걸리	拼音 mak kkeol li
	中譯 **米酒**
청주	拼音 cheong ju
	中譯 **清酒**

흑맥주	拼音 heung maek jju
	中譯 **黑啤酒**
보드카	拼音 bo deu ka
	中譯 **伏特加**
가오량주	拼音 ga o ryang ju
	中譯 **高粱酒**

주스
果汁

사과 주스	拼音 sa gwa ju seu
	中譯 **蘋果汁**
오렌지 주스	拼音 o ren ji ju seu
	中譯 **柳橙汁**
포도 주스	拼音 po do ju seu
	中譯 **葡萄汁**
파파야 주스	拼音 pa pa ya ju seu
	中譯 **木瓜果汁**
수박 주스	拼音 su bak ju seu
	中譯 **西瓜汁**
레몬 주스	拼音 re mon ju seu
	中譯 **檸檬果汁**
자몽 주스	拼音 ja mong ju seu
	中譯 **葡萄柚果汁**
토마토 주스	拼音 to ma to ju seu
	中譯 **番茄汁**
키위 주스	拼音 ki wi ju seu
	中譯 **奇異果果汁**

종합 주스　　拼音 jong hap ju seu
　　　　　　中譯 綜合果汁

차
茶

054

| 녹차 | 拼音 nok cha |
| | 中譯 綠茶 |

홍차　　拼音 hong cha
　　　　中譯 紅茶

우롱차　　拼音 u rong cha
　　　　　中譯 烏龍茶

아삼홍차　　拼音 a sam hong cha
　　　　　　中譯 阿薩姆紅茶

레몬차　　拼音 re mon cha
　　　　　中譯 檸檬茶

보리차　　拼音 bo ri cha
　　　　　中譯 麥茶

옥수수차　　拼音 ok ssu su cha
　　　　　　中譯 玉米茶

국화차　　拼音 gu kwa cha
　　　　　中譯 菊花茶

보이차　　拼音 bo i cha
　　　　　中譯 普洱茶

자스민차　　拼音 ja seu min cha
　　　　　　中譯 茉莉花茶

장미꽃차　　拼音 jang mi kkot cha
　　　　　　中譯 玫瑰茶

박하차	拼音 ba ka cha
	中譯 **薄荷茶**
오곡차	拼音 o gok cha
	中譯 **五穀茶**

음료
飲料

밀크티	拼音 mil keu ti
	中譯 **奶茶**
우유	拼音 u yu
	中譯 **牛奶**
핫코코아	拼音 hat ko ko a
	中譯 **熱可可**
요쿠르트	拼音 yo ku reu teu
	中譯 **養樂多**
스포츠 음료	拼音 seu po cheu eum nyo
	中譯 **運動飲料**
포카리스웨트	拼音 po ka ri seu we teu
	中譯 **寶礦力水得**

커피
咖啡

커피우유	拼音 keo pi u yu
	中譯 **咖啡牛奶**
아이스커피	拼音 a i seu keo pi
	中譯 **冰咖啡**
카페라테	拼音 ka pe ra te
	中譯 **咖啡拿鐵**
카푸치노커피	拼音 ka pu chi no keo pi
	中譯 **卡布其諾咖啡**
비엔나커피	拼音 bi en na keo pi
	中譯 **維也納咖啡**
블랙커피	拼音 won du keo pi
	中譯 **黑咖啡**
원두커피	拼音 beul laek keo pi
	中譯 **原味咖啡**
캔커피	拼音 kaen keo pi
	中譯 **罐裝咖啡**
커피믹스	拼音 keo pi mik sseu
	中譯 **咖啡伴侶**
블루마운틴	拼音 beul lu ma un tin
	中譯 **藍山咖啡**
모카커피	拼音 mo ka keo pi
	中譯 **摩卡咖啡**
인스턴트커피	拼音 in seu teon teu keo pi
	中譯 **速溶咖啡**
커피믹스	拼音 keo pi mik sseu
	中譯 **三合一咖啡**
각설탕	拼音 gak sseol tang
	中譯 **方糖**
카페	拼音 ka pe
	中譯 **咖啡館**
커피숍	拼音 keo pi syop
	中譯 **咖啡館**

노천카페	拼音 no cheon ka pe
	中譯 露天咖啡

쇼핑하기
購物

사다	拼音 sa da
	中譯 **買**
팔다	拼音 pal tta
	中譯 **賣**
고르다	拼音 go reu da
	中譯 **挑選**
구경하다	拼音 gu gyeong ha da
	中譯 **觀賞**
계산하다	拼音 gye san ha da
	中譯 **結帳**
싸다	拼音 ssa da
	中譯 **便宜**
비싸다	拼音 bi ssa da
	中譯 **昂貴**
값을 깎다	拼音 gap sseul kkak tta
	中譯 **殺價**
얼마예요?	拼音 eol ma ye yo
	中譯 **多少錢？**
인기 상품	拼音 in gi sang pum
	中譯 **人氣商品**
싸구려	拼音 ssa gu ryeo
	中譯 **便宜貨**

특가품	拼音 teuk kka pum
	中譯 **特價品**
진품	拼音 jin pum
	中譯 **真品**
가짜 상품	拼音 ga jja sang pum
	中譯 **假貨**
품절	拼音 pum jeol
	中譯 **售完／缺貨**
재고품	拼音 jae go pum
	中譯 **庫存貨**
국산품	拼音 guk ssan pum
	中譯 **國貨**
브랜드	拼音 beu raen deu
	中譯 **品牌**
샘플	拼音 saem peul
	中譯 **樣品**
상품권	拼音 sang pum gwon
	中譯 **商品**
최신유행	拼音 choe si nyu haeng
	中譯 **最新流行**
신제품	拼音 sin je pum
	中譯 **新製品**
포장하다	拼音 po jang ha da
	中譯 **包裝**

할인
打折

MP3
058

가격	拼音 ga gyeok
	中譯 價格
판매가	拼音 pan mae ga
	中譯 銷售價
세일 기간	拼音 se il gi gan
	中譯 特價期間
쿠폰	拼音 ku pon
	中譯 禮卷
특가	拼音 teuk kka
	中譯 特價
무료	拼音 mu ryo
	中譯 免費
반값	拼音 ban gap
	中譯 半價
20프로 할인	拼音 i sip peu ro ha rin
	中譯 打八折
바겐 세일	拼音 ba gen se il
	中譯 大減價

가게
商店

옷 가게	拼音 ot ga ge
	中譯 服飾店
구두점	拼音 gu du jeom
	中譯 皮鞋店
보석점	拼音 bo seok jjeom
	中譯 珠寶店

시계점	拼音 si gye jeom
	中譯 **鐘錶店**
안경집	拼音 an gyeong jip
	中譯 **眼鏡行**
과일가게	拼音 gwa il ga ge
	中譯 **水果店**
서점	拼音 seo jeom
	中譯 **書店**
커피숍	拼音 keo pi syop
	中譯 **咖啡廳**
드럭스토어	拼音 deu reok sseu to eo
	中譯 **藥妝店**

매장
賣場

백화점	拼音 bae kwa jeom
	中譯 **百貨公司**
쇼핑몰	拼音 syo ping mol
	中譯 **購物中心**
슈퍼마켓	拼音 syu peo ma ket
	中譯 **超級市場**
편의점	拼音 pyeo nui jeom
	中譯 **便利商店**
벼룩시장	拼音 byeo ruk ssi jang
	中譯 **跳蚤市場**
상가	拼音 sang ga
	中譯 **商業街**

지하상가	拼音 ji ha sang ga
	中譯 地下商街
노점	拼音 no jeom
	中譯 攤販
면세점	拼音 myeon se jeom
	中譯 免稅店
도매점	拼音 do mae jeom
	中譯 批發商店
소매점	拼音 so mae jeom
	中譯 零售商店
양품점	拼音 yang pum jeom
	中譯 進口商品店
특산물 가게	拼音 teuk ssan mul ga ge
	中譯 名產專賣店

계산
付帳

MP3
061

지불하다	拼音 ji bul ha da
	中譯 支付
현금	拼音 hyeon geum
	中譯 現金
신용카드	拼音 si nyong ka deu
	中譯 信用卡
서비스료	拼音 seo bi seu ryo
	中譯 服務費
잔돈	拼音 jan don
	中譯 零錢／找的錢

할부	拼音 hal ppu
	中譯 分期付款
일시불	拼音 il si bul
	中譯 一次付清
포인트	拼音 po in teu
	中譯 點數
분할 지불	拼音 bun hal jji bul
	中譯 分期付款
영수증	拼音 yeong su jeung
	中譯 收據
계산대	拼音 gye san dae
	中譯 收銀台
금전 등록기	拼音 geum jeon deung nok kki
	中譯 收銀機
쇼핑백	拼音 syo ping baek
	中譯 購物袋

옷 가게
服飾店

옷	拼音 ot
	中譯 衣服
잠옷	拼音 ja mot
	中譯 睡衣
셔츠	拼音 syeo cheu
	中譯 襯衫
티셔츠	拼音 ti syeo cheu
	中譯 T恤

스웨터	拼音 seu we teo
	中譯 毛衣
외투	拼音 oe tu
	中譯 外套
바지	拼音 ba ji
	中譯 褲子
치마	拼音 chi ma
	中譯 裙子
원피스	拼音 won pi seu
	中譯 連身洋裝
임부복	拼音 im bu bok
	中譯 孕婦裝
아동복	拼音 a dong bok
	中譯 兒童服
커플룩	拼音 keo peul luk
	中譯 情侶裝
쟈켓	拼音 jya ket
	中譯 夾克
후드티	拼音 hu deu ti
	中譯 連帽厚T
청바지	拼音 cheong ba ji
	中譯 牛仔褲
반바지	拼音 ban ba ji
	中譯 短褲
긴바지	拼音 gin ba ji
	中譯 長褲
미니스커트	拼音 mi ni seu keo teu
	中譯 迷你裙
조끼	拼音 jo kki
	中譯 背心
타이츠	拼音 ta i cheu
	中譯 內搭褲

구두점
鞋店

신발	拼音 sin bal
	中譯 **鞋子**
구두	拼音 gu du
	中譯 **皮鞋**
하이힐	拼音 ha i hil
	中譯 **高跟鞋**
운동화	拼音 un dong hwa
	中譯 **運動鞋**
슬리퍼	拼音 seul li peo
	中譯 **拖鞋**
샌들	拼音 saen deul
	中譯 **涼鞋**
부츠	拼音 bu cheu
	中譯 **靴子**
롱부츠	拼音 rong bu cheu
	中譯 **長筒靴**
구두끈	拼音 gu du kkeun
	中譯 **鞋帶**

액세서리
飾品

반지	拼音 ban ji
	中譯 **戒指**
목걸이	拼音 mok kkeo ri
	中譯 **項鍊**
귀걸이	拼音 gwi geo ri
	中譯 **耳環**
팔찌	拼音 pal jji
	中譯 **手環**
브로치	拼音 beu ro chi
	中譯 **胸針**
뱅글	拼音 baeng geul
	中譯 **手鐲**
펜던트	拼音 pen deon teu
	中譯 **鍊墜**

시계점
鐘錶店

시계	拼音 si gye
	中譯 **鐘錶**
손목시계	拼音 son mok ssi gye
	中譯 **手錶**
벽시계	拼音 byeok ssi gye
	中譯 **壁鐘**
알람시계	拼音 al lam si gye
	中譯 **鬧鐘**
탁상시계	拼音 tak ssang si gye
	中譯 **桌上型時鐘**

회중시계	拼音 hoe jung si gye
	中譯 懷錶
시계줄	拼音 si gye jul
	中譯 錶帶

안경집
眼鏡行

안경	拼音 an gyeong
	中譯 眼鏡
선글라스	拼音 seon geul la seu
	中譯 太陽眼鏡
콘텍트렌즈	拼音 kon tek teu ren jeu
	中譯 隱形眼鏡
돋보기 안경	拼音 dot ppo gi an gyeong
	中譯 老花眼鏡
안경렌즈	拼音 an gyeong nen jeu
	中譯 鏡片
안경테	拼音 an gyeong te
	中譯 鏡架

보석
寶石

다이아몬드	拼音 da i a mon deu
	中譯 **鑽石**
수정	拼音 su jeong
	中譯 **水晶**
자수정	拼音 ja su jeong
	中譯 **紫水晶**
루비	拼音 ru bi
	中譯 **紅寶石**
석류석	拼音 seong nyu seok
	中譯 **石榴石**
청옥	拼音 cheong ok
	中譯 **藍寶石/青玉**
에메랄드	拼音 e me ral tteu
	中譯 **綠寶石**
호박	拼音 ho bak
	中譯 **琥珀**
비취	拼音 bi chwi
	中譯 **翡翠**
경옥	拼音 gyeong ok
	中譯 **硬玉**
마노	拼音 ma no
	中譯 **瑪瑙**
옥	拼音 ok
	中譯 **玉**
진주	拼音 jin ju
	中譯 **珍珠**

서점
書局

신문	拼音 sin mun
	中譯 報紙
소설	拼音 so seol
	中譯 小說
잡지	拼音 jap jji
	中譯 雜誌
만화책	拼音 man hwa chaek
	中譯 漫畫書
그림책	拼音 geu rim chaek
	中譯 繪本
시집	拼音 si jip
	中譯 詩集
사전	拼音 sa jeon
	中譯 字典
교과서	拼音 gyo gwa seo
	中譯 教科書
동화책	拼音 dong hwa chaek
	中譯 童書
전문서적	拼音 jeon mun seo jeok
	中譯 專業書籍
여행서	拼音 yeo haeng seo
	中譯 旅遊書
백과사전	拼音 baek kkwa sa jeon
	中譯 百科全書
사진집	拼音 sa jin jip
	中譯 寫真集

건축물
建築物

069

학교	拼音 hak kkyo
	中譯 **學校**
빌딩	拼音 bil ding
	中譯 **大廈**
병원	拼音 byeong won
	中譯 **醫院**
우체국	拼音 u che guk
	中譯 **郵局**
약국	拼音 yak kkuk
	中譯 **藥局**
은행	拼音 eun haeng
	中譯 **銀行**
호텔	拼音 ho tel
	中譯 **飯店**
법원	拼音 beo bwon
	中譯 **法院**
교회	拼音 gyo hoe
	中譯 **教堂**
세탁소	拼音 se tak sso
	中譯 **洗衣店**
주유소	拼音 ju yu so
	中譯 **加油站**
편의점	拼音 pyeo nui jeom
	中譯 **便利商店**
레스토랑	拼音 re seu to rang
	中譯 **西餐廳**
경찰서	拼音 gyeong chal sseo
	中譯 **警察局**
영화관	拼音 yeong hwa gwan
	中譯 **電影院**
극장	拼音 geuk jjang
	中譯 **劇院**

박물관	拼音 bang mul gwan
	中譯 博物館
수영장	拼音 su yeong jang
	中譯 游泳池
헬스클럽	拼音 hel seu keul leop
	中譯 健身房
노래방	拼音 no rae bang
	中譯 練歌房
동물원	拼音 dong mu rwon
	中譯 動物園
공원	拼音 gong won
	中譯 公園
아파트	拼音 a pa teu
	中譯 公寓
미용실	拼音 mi yong sil
	中譯 美髮廳
나이트클럽	拼音 na i teu keul leop
	中譯 夜店
놀이공원	拼音 no ri gong won
	中譯 遊樂園
지하철역	拼音 ji ha cheo ryeok
	中譯 地鐵站
기차역	拼音 gi cha yeok
	中譯 火車站
공항	拼音 gong hang
	中譯 機場

길 물기
問路

도로	拼音 do ro
	中譯 道路
큰길	拼音 keun gil
	中譯 馬路
사거리	拼音 sa geo ri
	中譯 十字路口
육교	拼音 yuk kkyo
	中譯 天橋
횡단보도	拼音 hoeng dan bo do
	中譯 人行步道
지하도	拼音 ji ha do
	中譯 地下道
골목	拼音 gol mok
	中譯 小巷子
언덕길	拼音 eon deok kkil
	中譯 坡路
지름길	拼音 ji reum gil
	中譯 捷徑
신호등	拼音 sin ho deung
	中譯 紅綠燈
빨간불	拼音 ppal kkan bul
	中譯 紅燈
파란불	拼音 pa ran bul
	中譯 綠燈
노란불	拼音 no ran bul
	中譯 黃燈

대중교통
大眾交通

버스	拼音 beo seu
	中譯 **公車**
시외버스	拼音 si oe beo seu
	中譯 **長途巴士**
버스정류장	拼音 beo seu jeong nyu jang
	中譯 **公車站**
버스표지판	拼音 beo seu pyo ji pan
	中譯 **公車站牌**
운전사	拼音 un jeon sa
	中譯 **司機**
차비	拼音 cha bi
	中譯 **車費**
종점	拼音 jong jeom
	中譯 **終點站**
승차하다	拼音 seung cha ha da
	中譯 **上車**
하차하다	拼音 ha cha ha da
	中譯 **下車**
지하철역	拼音 ji ha cheo ryeok
	中譯 **地鐵站**
~호선	拼音 ho seon
	中譯 **～號線**
갈아타다	拼音 ga ra ta da
	中譯 **換乘**
교통카드	拼音 gyo tong ka deu
	中譯 **交通卡**
지하철 노선도	拼音 ji ha cheol no seon do
	中譯 **地鐵路線圖**
~번출구	拼音 beon chul gu
	中譯 **～號出口**
기차	拼音 gi cha
	中譯 **火車**

매표소	拼音 mae pyo so
	中譯 售票處
개찰구	拼音 gae chal kku
	中譯 剪票口
열차시간표	拼音 yeol cha si gan pyo
	中譯 時刻表
발차 시간	拼音 bal cha si gan
	中譯 發車時間
도착 시간	拼音 do chak si gan
	中譯 到達時間
플랫폼	拼音 peul laet pom
	中譯 月台
편도표	拼音 pyeon do pyo
	中譯 單程票
왕복표	拼音 wang bok pyo
	中譯 往返票
특급열차	拼音 teuk kkeu byeol cha
	中譯 特快列車
보통열차	拼音 bo tong yeol cha
	中譯 普通列車
유람선	拼音 yu ram seon
	中譯 遊輪
쾌속정	拼音 kwae sok jjeong
	中譯 快艇

운전하기
開車

072

운전하다	拼音	un jeon ha da
	中譯	**開車**
렌트카	拼音	ren teu ka
	中譯	**租車**
자동차	拼音	ja dong cha
	中譯	**汽車**
주차장	拼音	ju cha jang
	中譯	**停車站**
주유소	拼音	ju yu so
	中譯	**加油站**
국산차	拼音	guk ssan cha
	中譯	**國產車**
수입차	拼音	su ip cha
	中譯	**進口車**
자가용	拼音	ja ga yong
	中譯	**自用車**
중고차	拼音	jung go cha
	中譯	**二手車**
교통표지	拼音	gyo tong pyo ji
	中譯	**交通標誌**
시속	拼音	si sok
	中譯	**時速**
교통사고	拼音	gyo tong sa go
	中譯	**車禍**
운전 면허증	拼音	un jeon myeon heo jeung
	中譯	**駕駛執照**
안전벨트	拼音	an jeon bel teu
	中譯	**安全帶**
휴게소	拼音	hyu ge so
	中譯	**休息站**
고속도로	拼音	go sok tto ro
	中譯	**高速公路**

핸들	拼音 haen deul
	中譯 **方向盤**
브레이크	拼音 beu re i keu
	中譯 **煞車**
와이퍼	拼音 wa i peo
	中譯 **雨刷**
백미러	拼音 baeng mi reo
	中譯 **後視鏡**
타이어	拼音 ta i eo
	中譯 **輪胎**
트렁크	拼音 teu reong keu
	中譯 **車箱**

자동차 브랜드
汽車品牌

073

혼다	拼音 hon da
	中譯 **本田（HONDA）**
벤츠	拼音 ben cheu
	中譯 **賓士（BENZ）**
포드	拼音 po deu
	中譯 **福特（FORD）**
아우디	拼音 a u di
	中譯 **奧迪（AUDI）**

취미
興趣

우표수집	拼音 u pyo su jip
	中譯 收集郵票
여행하기	拼音 yeo haeng ha gi
	中譯 旅行
음악감상	拼音 eu mak kkam sang
	中譯 聽音樂
쇼핑하기	拼音 syo ping ha gi
	中譯 購物
영화감상	拼音 yeong hwa gam sang
	中譯 看電影
게임하기	拼音 ge im ha gi
	中譯 玩遊戲
사진 찍기	拼音 sa jin jjik kki
	中譯 拍照
회화	拼音 hoe hwa
	中譯 繪畫
서예	拼音 seo ye
	中譯 書法
낚시	拼音 nak ssi
	中譯 釣魚
등산	拼音 deung san
	中譯 登山
독서	拼音 dok sseo
	中譯 讀書
댄스	拼音 daen seu
	中譯 跳舞

영화
電影

영화관	拼音 yeong hwa gwan
	中译 電影院
공포 영화	拼音 gong po yeong hwa
	中译 恐怖電影
전쟁 영화	拼音 jeon jaeng yeong hwa
	中译 戰爭電影
액션 영화	拼音 aek ssyeon yeong hwa
	中译 動作電影
멜로 영화	拼音 mel lo yeong hwa
	中译 愛情電影
애니메이션	拼音 ae ni me i syeon
	中译 動畫片
판타지 영화	拼音 pan ta ji yeong hwa
	中译 奇幻電影
무협 영화	拼音 mu hyeop yeong hwa
	中译 武俠電影
코믹영화	拼音 ko mi gyeong hwa
	中译 喜劇片
성인영화	拼音 seong i nyeong hwa
	中译 成人電影
국산영화	拼音 guk ssa nyeong hwa
	中译 國產電影
흑백영화	拼音 heuk ppae gyeong hwa
	中译 黑白電影
시대극 영화	拼音 si dae geuk yeong hwa
	中译 古裝片

노래
歌曲

한국어	拼音	中譯
일본노래	il bon no rae	日本歌
한국노래	han gung no rae	韓語歌
영어노래	yeong eo no rae	英語歌
중국노래	jung gung no rae	中文歌
가사	ga sa	歌詞
음반	eum ban	唱片
편곡	pyeon gok	改編歌曲
작곡가	jak kkok kka	作曲家
작사가	jak ssa ga	作詞家
가수	ga su	歌手
팬클럽	paen keul leop	歌迷俱樂部
가라오케	ga ra o ke	卡拉OK
라이브 콘서트	ra i beu kon seo teu	現場演唱會

97

댄스
舞蹈

재즈댄스	拼音	jae jeu daen seu
	中譯	爵士舞
디스코	拼音	di seu ko
	中譯	迪斯科
발레	拼音	bal le
	中譯	芭蕾
탱고	拼音	taeng go
	中譯	探戈
삼바	拼音	sam ba
	中譯	桑巴舞
사교댄스	拼音	sa gyo daen seu
	中譯	社交舞
블루스	拼音	beul lu seu
	中譯	布魯斯舞
차차차	拼音	cha cha cha
	中譯	恰恰舞
전통무용	拼音	jeon tong mu yong
	中譯	傳統舞蹈
민속무용	拼音	min song mu yong
	中譯	民俗舞蹈
힙합	拼音	hi pap
	中譯	嘻哈
탭댄스	拼音	taep ttaen seu
	中譯	踢踏舞
스트리트 댄스	拼音	seu teu ri teu daen seu
	中譯	街舞

미술
美術

한국어	拼音	中譯
유화	yu hwa	油畫
수채화	su chae hwa	水彩畫
스케치	seu ke chi	素描
수묵화	su mu kwa	水墨畫
서양화	seo yang hwa	西洋畫
일본화	il bon hwa	日本畫
인물화	in mul hwa	人物畫
국화	gu kwa	國畫
서예전	seo ye jeon	書法展
사진전	sa jin jeon	攝影展
조각전	jo gak jjeon	雕刻展
도예전	do ye jeon	陶藝展
판화	pan hwa	版畫

운동
運動

수영	拼音 su yeong	中譯 遊泳
사교 댄스	拼音 sa gyo daen seu	中譯 社交舞
에어로빅	拼音 e eo ro bik	中譯 健身操
보디 빌딩	拼音 bo di bil ding	中譯 健身運動
체조	拼音 che jo	中譯 體操
등산	拼音 deung san	中譯 登山
조깅	拼音 jo ging	中譯 慢跑
수상 스포츠	拼音 su sang seu po cheu	中譯 水上運動
스키	拼音 seu ki	中譯 滑雪
스케이팅	拼音 seu ke i ting	中譯 溜冰
파도타기	拼音 pa do ta gi	中譯 沖浪
검도	拼音 geom do	中譯 劍道
승마	拼音 seung ma	中譯 騎馬

공 종류
球的種類

080

테니스	拼音 te ni seu
	中譯 **網球**
골프	拼音 gol peu
	中譯 **高爾夫球**
미식축구	拼音 mi sik chuk kku
	中譯 **橄欖球**
배드민턴	拼音 bae deu min teon
	中譯 **羽毛球**
탁구	拼音 tak kku
	中譯 **桌球**
당구	拼音 dang gu
	中譯 **撞球**
배구	拼音 bae gu
	中譯 **排球**
볼링	拼音 bol ling
	中譯 **保齡球**
농구	拼音 nong gu
	中譯 **籃球**
야구	拼音 ya gu
	中譯 **棒球**
축구	拼音 chuk kku
	中譯 **足球**
소프트볼	拼音 so peu teu bol
	中譯 **壘球**
스쿼시	拼音 seu kwo si
	中譯 **壁球**

경기
比賽

이기다	拼音 i gi da
	中譯 **贏**
지다	拼音 ji da
	中譯 **輸**
비기다	拼音 bi gi da
	中譯 **打成平手**
선수	拼音 seon su
	中譯 **選手**
코치	拼音 ko chi
	中譯 **教練**
후보선수	拼音 hu bo seon su
	中譯 **候補選手**
금메달	拼音 geum me dal
	中譯 **金牌**
은메달	拼音 eun me dal
	中譯 **銀牌**
동메달	拼音 dong me dal
	中譯 **銅牌**
우승컵	拼音 u seung keop
	中譯 **獎杯**
전반전	拼音 jeon ban jeon
	中譯 **前半場**
후반전	拼音 hu ban jeon
	中譯 **後半場**
연장전	拼音 yeon jang jeon
	中譯 **延長賽**

여가 활동
休閒活動

인터넷 게임	拼音 in teo net ge im
	中譯 網路遊戲
바둑을 두다	拼音 ba du geul ttu da
	中譯 下圍棋
캠프	拼音 kaem peu
	中譯 露營
바비큐	拼音 ba bi kyu
	中譯 烤肉
물놀이	拼音 mul lo ri
	中譯 玩水
불꽃놀이	拼音 beot kkon no ri
	中譯 賞櫻花
단풍놀이	拼音 dan pung no ri
	中譯 賞楓葉
소풍	拼音 so pung
	中譯 郊遊
피크닉	拼音 pi keu nik
	中譯 野餐
하이킹	拼音 ha i king
	中譯 遠足
사이클링	拼音 sa i keul ling
	中譯 騎自行車
배낭여행	拼音 bae nang yeo haeng
	中譯 背包旅行
낚시	拼音 nak ssi
	中譯 釣魚

종교
宗教

불교	拼音 bul gyo
	中譯 佛教
기독교	拼音 gi dok kkyo
	中譯 基督教
천주교	拼音 cheon ju gyo
	中譯 天主教
도교	拼音 do gyo
	中譯 道教
라마교	拼音 ra ma gyo
	中譯 喇嘛教
회교	拼音 hoe gyo
	中譯 回教
이슬람교	拼音 i seul lam gyo
	中譯 伊斯蘭教
스님	拼音 seu nim
	中譯 和尚
여승	拼音 yeo seung
	中譯 尼姑
신부	拼音 sin bu
	中譯 神父
수녀	拼音 su nyeo
	中譯 修女
신도	拼音 sin do
	中譯 信徒
교주	拼音 gyo ju
	中譯 教主

병원
醫院

내과	拼音	nae gwa
	中譯	**內科**
외과	拼音	oe gwa
	中譯	**外科**
피부과	拼音	pi bu gwa
	中譯	**皮膚科**
소아과	拼音	so a gwa
	中譯	**小兒科**
산부인과	拼音	san bu in gwa
	中譯	**婦產科**
치과	拼音	chi gwa
	中譯	**牙科**
안과	拼音	an gwa
	中譯	**眼科**
비뇨기과	拼音	bi nyo gi gwa
	中譯	**泌尿科**
이비인후과	拼音	i bi in hu gwa
	中譯	**耳鼻喉科**
정형외과	拼音	jeong hyeong oe gwa
	中譯	**骨科**
성형외과	拼音	seong hyeong oe gwa
	中譯	**整型外科**
내분비내과	拼音	nae bun bi nae gwa
	中譯	**內分泌科**
신장내과	拼音	sin jang nae gwa
	中譯	**腎臟科**

의료 인원
醫療人員

의사
- 拼音 ui sa
- 中譯 醫生

가정의사
- 拼音 ga jeong ui sa
- 中譯 家庭醫師

간호사
- 拼音 gan ho sa
- 中譯 護士

환자
- 拼音 hwan ja
- 中譯 患者

약사
- 拼音 yak ssa
- 中譯 藥劑師

영양사
- 拼音 yeong yang sa
- 中譯 營養師

의료 기구
醫療器具

주사기
- 拼音 ju sa gi
- 中譯 針筒

링겔
- 拼音 ring gel
- 中譯 點滴

청진기
- 拼音 cheong jin gi
- 中譯 聽診器

체온계	拼音 che on gye
	中譯 **體溫計**
마스크	拼音 ma seu keu
	中譯 **口罩**

약품
藥品

087

두통약	拼音 du tong yak
	中譯 **頭痛藥**
위장약	拼音 wi jang yak
	中譯 **胃腸藥**
변비약	拼音 byeon bi yak
	中譯 **便秘藥**
감기약	拼音 gam gi yak
	中譯 **感冒藥**
안약	拼音 a nyak
	中譯 **眼藥水**
소화제	拼音 so hwa je
	中譯 **消化劑**
해열제	拼音 hae yeol je
	中譯 **退燒藥**
진통제	拼音 jin tong je
	中譯 **止痛藥**
수면제	拼音 su myeon je
	中譯 **安眠藥**
한약	拼音 ha nyak
	中譯 **中藥**

보약	拼音 bo yak
	中譯 補藥
알약	拼音 a ryak
	中譯 藥丸
물약	拼音 mul lyak
	中譯 藥水
좌약	拼音 jwa yak
	中譯 栓劑
가루약	拼音 ga ru yak
	中譯 藥粉
캡슐	拼音 kaep ssyul
	中譯 膠囊
외용약	拼音 oe yong yak
	中譯 外用藥
내복약	拼音 nae bong nyak
	中譯 內服藥
연고	拼音 yeon go
	中譯 藥膏
백신	拼音 baek ssin
	中譯 疫苗
찜질파스	拼音 jjim jil pa seu
	中譯 貼布
아스피린	拼音 a seu pi rin
	中譯 阿斯匹靈
면봉	拼音 myeon bong
	中譯 棉花棒
거즈	拼音 geo jeu
	中譯 紗布
붕대	拼音 bung dae
	中譯 繃帶
탈지면	拼音 tal jji myeon
	中譯 藥棉

반창고	拼音	ban chang go
	中譯	OK繃
핀셋	拼音	pin set
	中譯	鑷子

학교
學校

탁아소	拼音	ta ga so
	中譯	托兒所
유치원	拼音	yu chi won
	中譯	幼稚園
초등학교	拼音	cho deung hak kkyo
	中譯	小學
중학교	拼音	jung hak kkyo
	中譯	國中
고등학교	拼音	go deung hak kkyo
	中譯	高中
대학	拼音	dae hak
	中譯	大學
대학원	拼音	dae ha gwon
	中譯	研究所
학년	拼音	hang nyeon
	中譯	年級
학과	拼音	hak kkwa
	中譯	學科
학력	拼音	hang nyeok
	中譯	學歷

학사	拼音 hak ssa
	中譯 學士
석사	拼音 seok ssa
	中譯 碩士
박사	拼音 bak ssa
	中譯 博士

학생 / 선생님
學生/老師

교장	拼音 gyo jang
	中譯 校長
총장	拼音 chong jang
	中譯 大學校長
교수	拼音 gyo su
	中譯 教授
조교수	拼音 jo gyo su
	中譯 助理教授
조교	拼音 jo gyo
	中譯 助教
강사	拼音 gang sa
	中譯 講師
학과장	拼音 hak kkwa jang
	中譯 系主任
남학생	拼音 nam hak ssaeng
	中譯 男學生
여학생	拼音 yeo hak ssaeng
	中譯 女學生

대학생	拼音 dae hak ssaeng
	中譯 **大學生**
유학생	拼音 yu hak ssaeng
	中譯 **留學生**
교환학생	拼音 gyo hwan hak ssaeng
	中譯 **交換學生**
졸업생	拼音 jo reop ssaeng
	中譯 **畢業生**

학습
學習

090

수업 시작하다	拼音 su eop si ja ka da
	中譯 **上課**
수업을 마치다	拼音 su eo beul ma chi da
	中譯 **下課**
출석을 부르다	拼音 chul seo geul ppu reu da
	中譯 **點名**
출석하다	拼音 chul seo ka da
	中譯 **出席**
결석하다	拼音 gyeol seo ka da
	中譯 **缺席**
지각하다	拼音 ji ga ka da
	中譯 **遲到**
강의하다	拼音 gang ui ha da
	中譯 **講課**
가르치다	拼音 ga reu chi da
	中譯 **教導**

배우다	拼音 bae u da
	中譯 **學習**
공부하다	拼音 gong bu ha da
	中譯 **念書**
복습하다	拼音 bok sseu pa da
	中譯 **複習**
숙제를 하다	拼音 suk jje reul ha da
	中譯 **做作業**
시험을 보다	拼音 si heo meul ppo da
	中譯 **考試**

직업
職業

회계사	拼音 hoe gye sa
	中譯 **會計師**
가정주부	拼音 ga jeong ju bu
	中譯 **家庭主婦**
변호사	拼音 byeon ho sa
	中譯 **律師**
법관	拼音 beop kkwan
	中譯 **法官**
검사	拼音 geom sa
	中譯 **檢察官**
경찰	拼音 gyeong chal
	中譯 **警察**
사업가	拼音 sa eop kka
	中譯 **商人**

소방대원	拼音 so bang dae won
	中譯 **消防隊員**
군인	拼音 gu nin
	中譯 **軍人**
의사	拼音 ui sa
	中譯 **醫生**
스튜어디스	拼音 seu tyu eo di seu
	中譯 **空姐**
외교관	拼音 oe gyo gwan
	中譯 **外交官**
공무원	拼音 gong mu won
	中譯 **公務員**
은행원	拼音 eun haeng won
	中譯 **銀行員**
자유업가	拼音 ja yu eop kka
	中譯 **自由業者**
청소부	拼音 cheong so bu
	中譯 **清掃工人**
판사	拼音 pan sa
	中譯 **法官**
회사원	拼音 hoe sa won
	中譯 **公司職員**
우체부	拼音 u che bu
	中譯 **郵差**
기자	拼音 gi ja
	中譯 **記者**
작가	拼音 jak kka
	中譯 **作家**
요리사	拼音 yo ri sa
	中譯 **廚師**
세일즈맨	拼音 se il jeu maen
	中譯 **推銷員**

엔지니어	拼音 en ji ni eo
	中譯 工程師
건축사	拼音 geon chuk ssa
	中譯 建築師
노동자	拼音 no dong ja
	中譯 工人
농부	拼音 nong bu
	中譯 農民
어부	拼音 eo bu
	中譯 漁民

직무
職務

092

회장	拼音 hoe jang
	中譯 董事長
이사장	拼音 i sa jang
	中譯 理事長
사장	拼音 sa jang
	中譯 總經理
경리	拼音 gyeong ni
	中譯 經理
매니저	拼音 mae ni jeo
	中譯 部門經理
사장	拼音 sa jang
	中譯 社長
비서	拼音 bi seo
	中譯 秘書

처장	拼音 cheo jang
	中譯 **處長**
회계사	拼音 hoe gye sa
	中譯 **會計**
업무 인원	拼音 eom mu i nwon
	中譯 **業務人員**
과장	拼音 gwa jang
	中譯 **課長**
부장	拼音 bu jang
	中譯 **部長**
대리	拼音 dae ri
	中譯 **代理**

근무
工作

출근하다	拼音 chul geun ha da
	中譯 **上班**
퇴근하다	拼音 toe geun ha da
	中譯 **下班**
잔업하다	拼音 ja neo pa da
	中譯 **加班**
지각하다	拼音 ji ga ka da
	中譯 **遲到**
조퇴하다	拼音 jo toe ha da
	中譯 **早退**
결근하다	拼音 gyeol geun ha da
	中譯 **缺勤**

담당하다	拼音 dam dang ha da
	中譯 負責
보고하다	拼音 bo go ha da
	中譯 報告
발표하다	拼音 bal pyo ha da
	中譯 發表
접대하다	拼音 jeop ttae ha da
	中譯 接待
방문하다	拼音 bang mun ha da
	中譯 訪問／拜訪
출장 가다	拼音 chul jang ga da
	中譯 出差
당직	拼音 dang jik
	中譯 值班

동물
動物

094

개	拼音 gae
	中譯 狗
고양이	拼音 go yang i
	中譯 貓
기린	拼音 gi rin
	中譯 長頸鹿
늑대	拼音 neuk ttae
	中譯 狼
곰	拼音 gom
	中譯 熊

다람쥐	拼音	da ram jwi
	中譯	松鼠
사자	拼音	sa ja
	中譯	獅子
양	拼音	yang
	中譯	羊
소	拼音	so
	中譯	牛
여우	拼音	yeo u
	中譯	狐狸
코끼리	拼音	ko kki ri
	中譯	大象
말	拼音	mal
	中譯	馬
토끼	拼音	to kki
	中譯	兔子
원숭이	拼音	won sung i
	中譯	猴子
쥐	拼音	jwi
	中譯	老鼠
하마	拼音	ha ma
	中譯	河馬
염소	拼音	yeom so
	中譯	山羊
팬더	拼音	paen deo
	中譯	熊貓
캥거루	拼音	kaeng geo ru
	中譯	袋鼠
호랑이	拼音	ho rang i
	中譯	老虎
해마	拼音	hae ma
	中譯	海馬

코알라	拼音 ko al la
	中譯 **無尾熊**
코뿔소	拼音 ko ppul so
	中譯 **犀牛**
치타	拼音 chi ta
	中譯 **豹**
사슴	拼音 sa seum
	中譯 **鹿**
돼지	拼音 dwae ji
	中譯 **豬**
낙타	拼音 nak ta
	中譯 **駱駝**
고릴라	拼音 go ril la
	中譯 **大猩猩**

새
鳥

앵무새	拼音 aeng mu sae
	中譯 **鸚鵡**
참새	拼音 cham sae
	中譯 **麻雀**
까마귀	拼音 kka ma gwi
	中譯 **烏鴉**
제비	拼音 je bi
	中譯 **燕子**
독수리	拼音 dok ssu ri
	中譯 **老鷹**

고니	拼音 go ni
	中譯 天鵝
기러기	拼音 gi reo gi
	中譯 雁
딱따구리	拼音 ttak tta gu ri
	中譯 啄木鳥
매	拼音 mae
	中譯 鷹
비둘기	拼音 bi dul gi
	中譯 鴿子
부엉이	拼音 bu eong i
	中譯 貓頭鷹
백로	拼音 baeng no
	中譯 白鷺鷥
갈매기	拼音 gal mae kki
	中譯 海鷗

식물
植物

국화	拼音 gu kwa
	中譯 菊花
매화	拼音 mae hwa
	中譯 梅花
진달래	拼音 jin dal lae
	中譯 杜鵑花
모란	拼音 mo ran
	中譯 牡丹

벚꽃	拼音 beot kkot
	中譯 櫻花
튤립	拼音 tyul lip
	中譯 郁金香
민들레	拼音 min deul le
	中譯 蒲公英
안개꽃	拼音 an gae kkot
	中譯 滿天星
장미	拼音 jang mi
	中譯 玫瑰
선인장	拼音 seo nin jang
	中譯 仙人掌
백합	拼音 bae kap
	中譯 百合
개살구	拼音 gae sal kku
	中譯 野杏
재스민	拼音 jae seu min
	中譯 茉莉花
살구나무	拼音 sal kku na mu
	中譯 杏樹
벚나무	拼音 beon na mu
	中譯 櫻花樹
은행나무	拼音 eun haeng na mu
	中譯 銀杏樹
버드나무	拼音 beo deu na mu
	中譯 柳樹
포플러	拼音 po peul leo
	中譯 白楊樹
소나무	拼音 so na mu
	中譯 松樹
사철나무	拼音 sa cheol la mu
	中譯 冬青木

백송	拼音 baek ssong
	中譯 白松
대추나무	拼音 dae chu na mu
	中譯 紅棗樹
매화나무	拼音 mae hwa na mu
	中譯 梅花樹
침엽수	拼音 chi myeop ssu
	中譯 針葉樹
활엽수	拼音 hwa ryeop ssu
	中譯 闊葉樹
박달나무	拼音 bak ttal la mu
	中譯 檀木
소철	拼音 so cheol
	中譯 蘇鐵
자두나무	拼音 ja du na mu
	中譯 李子樹

우주
宇宙

MP3 097

지구	拼音 ji gu
	中譯 地球
달	拼音 dal
	中譯 月球
태양	拼音 tae yang
	中譯 太陽
은하수	拼音 eun ha su
	中譯 銀河

행성	拼音 haeng seong
	中譯 **行星**
유성	拼音 yu seong
	中譯 **流星**
혜성	拼音 hye seong
	中譯 **彗星**
금성	拼音 geum seong
	中譯 **金星**
토성	拼音 to seong
	中譯 **土星**
목성	拼音 mok sseong
	中譯 **木星**
화성	拼音 hwa seong
	中譯 **火星**
북극성	拼音 buk kkeuk sseong
	中譯 **北極星**
북두 칠성	拼音 buk ttu chil seong
	中譯 **北斗七星**

자연 재해
自然災害

098

태풍	拼音 tae pung
	中譯 **颱風**
폭우	拼音 po gu
	中譯 **暴雨**
폭설	拼音 pok sseol
	中譯 **暴雪**

홍수	拼音 hong su
	中譯 洪水
눈사태	拼音 nun sa tae
	中譯 雪崩
가뭄	拼音 ga mum
	中譯 旱災
지진	拼音 ji jin
	中譯 地震
토석류	拼音 to seong nyu
	中譯 土石流
산사태	拼音 san sa tae
	中譯 山崩
범람	拼音 beom nam
	中譯 氾濫
해일	拼音 hae il
	中譯 海嘯
화산 폭발	拼音 hwa san pok ppal
	中譯 火山爆發
천재	拼音 cheon jae
	中譯 天災

국가
國家

대만	拼音 dae man
	中譯 台灣
중국	拼音 jung guk
	中譯 中國

일본	拼音 il bon
	中譯 日本
한국	拼音 han guk
	中譯 韓國
미국	拼音 mi guk
	中譯 美國
캐나다	拼音 kae na da
	中譯 加拿大
영국	拼音 yeong guk
	中譯 英國
프랑스	拼音 peu rang seu
	中譯 法國
독일	拼音 do gil
	中譯 德國
러시아	拼音 reo si a
	中譯 俄羅斯
태국	拼音 tae guk
	中譯 泰國
베트남	拼音 be teu nam
	中譯 越南
인도	拼音 in do
	中譯 印度

第二章

생활 회화
生活會話

인사말
問候

情境會話

A 안녕하세요? 오늘도 아침 일찍 나오셨네요.
an nyeong ha se yo o neul tto a chim il jjik na o
syeon ne yo
您好，您今天早上也很早出門呢！

B 네, 출근하기 전에 운동 좀 하려고요.
ne chul geun ha gi jeo ne un dong jom ha ryeo
go yo
是的，在去上班之前，想做點運動。

實用例句

안녕하세요. 어디 가세요?
an nyeong ha se yo eo di ga se yo
您好，你要去哪呢？

잘 다녀오셨어요?
jal tta nyeo o syeo sseo yo
您回來啦？

오늘 바쁘세요?
o neul ppa ppeu se yo
今天忙嗎？

오늘 날씨가 정말 좋죠?

o neul nal ssi kka jeong mal jjo chyo
오늘 날씨가 정말 좋죠
今天天氣很好，對吧？

좋은 아침입니다.
jo eun a chi mim ni da
早安。

요즘 어떻습니까?
yo jeum eo tteo sseum ni kka
最近過得如何？

또 만나요.
tto man na yo
再見。

좋은 하루 되십시오.
jo eun ha ru doe sip ssi o
祝你有個美好的一天。

좋은 주말 보내세요.
jo eun ju mal ppo nae se yo
祝你有個美好的周末。

몸조심 하세요.
mom jo sim ha se yo
注意身體健康。

식사를 제의할 때
邀約吃飯

情境會話

A 준영 씨, 일 다 끝났어요?
ju nyeong ssi il da kkeun na sseo yo
俊英，你工作都做完了嗎？

B 네. 거의 다 끝났어요.
ne geo ui da kkeun na sseo yo
是的，快做完了。

A 그럼 같이 식사하러 갈까요?
geu reom ga chi sik ssa ha reo gal kka yo
那要不要一起去用餐？

B 좋죠. 10분만 기다려 주세요.
jo chyo sip ppun man gi da ryeo ju se yo
好啊！等我十分鐘。

情境會話

A 점심으로 뭘 먹고 싶어요?
jeom si meu ro mwol meok kko si peo yo
你午餐想吃什麼？

B 회사 근처에 맛있는 태국 요리가 있는데 그걸 먹을래요?
hoe sa geun cheo e ma sin neun tae guk yo ri ga in neun de geu geol meo geul lae yo
公司附近有好吃的泰國料理，要不要吃那個？

實用例句

같이 점심 식사를 합시다.
ga chi jeom sim sik ssa reul hap ssi da
一起吃午餐吧。

저 식당의 음식이 맛있어요. 저기로 갈까요?
jeo sik ttang ui eum si gi ma si sseo yo jeo gi ro
gal kka yo
那家餐廳的料理很好吃，要不要去那裡？

같이 식사할까요?
ga chi sik ssa hal kka yo
要一起用餐嗎？

당연히 좋죠. 같이 갑시다.
dang yeon hi jo chyo ga chi gap ssi da
當然好囉！一起去吧！

정말 같이 가고 싶은데 다른 약속이 있어요.
jeong mal kka chi ga go si peun de da reun yak
sso gi i sseo yo
真的想和你一起去，但我有約了。

저녁·식사 하셨습니까?
jeo nyeok sik ssa ha syeot sseum ni kka
您吃過晚餐了嗎？

배가 고프죠? 같이 먹으러 갈까요?
bae ga go peu jyo ga chi meo geu reo gal kka yo
你肚子餓了吧？一起去吃飯，好嗎？

같이 술 한 잔 할까요?

ga chi sul han jan hal kka yo

一起去喝一杯，好嗎？

같이 맛있는 걸 먹으러 가요. 제가 살게요.

ga chi ma sin neun geol meo geu reo ga yo je ga
sal kke yo

一起去吃好吃的東西吧！我請客。

여기 들어가서 뭐 좀 먹읍시다.

yeo gi deu reo ga seo mwo jom meo geup ssi da

我們在這裡吃點什麼吧。

식당에서 주문할 때
在餐廳點餐

情境會話

무엇을 드시겠습니까?
mu eo seul tteu si get sseum ni kka
您要吃什麼？

돌솥비빔밥 하나 주세요.
dol sot ppi bim bap ha na ju se yo
請給我一份石鍋拌飯。

情境會話

여기서 드실 건가요, 포장해 드릴까요?
yeo gi seo deu sil geon ga yo po jang hae deu
ril kka yo
您要在這裡吃，還是打包帶走？

여기서 먹을 겁니다.
yeo gi seo meo geul kkeom ni da
我要在這裡吃。

情境會話

스테이크를 어떻게 해드릴까요?
seu te i keu reul eo tteo ke hae deu ril kka yo
您的牛排要幾分熟？

B 중간 정도 익혀주세요.
jung gan jeong do i kyeo ju se yo
我要五分熟。

實用例句

드레싱은 무엇으로 하시겠습니까?
deu re sing eun mu eo seu ro ha si get sseum ni
kka
您要什麼醬料？

이것은 어떤 요리입니까?
i geo seun eo tteon yo ri im ni kka
這是什麼菜？

손님, 냉면입니다.
son nim naeng myeo nim ni da
客人，這是您點的冷麵。

주문을 받아도 될까요?
ju mu neul ppa da do doel kka yo
現在可以幫您點餐嗎？

원하시는 것을 드세요.
won ha si neun geo seul tteu se yo
點你想吃的吧。

뭘 권하시겠습니까?
mwol gwon ha si get sseum ni kka
您推薦什麼菜？

메뉴를 다시 한번 보여 주시겠습니까?

me nyu reul tta si han beon bo yeo ju si get sseum
ni kka
菜單可以再給我看一下嗎？

저도 같은 것으로 주세요.
jeo do ga teun geo seu ro ju se yo
我也要點一樣的。

맛은 어떤가요?
ma seun eo tteon ga yo
味道怎麼樣？

다섯 사람이 앉을 수 있는 테이블을 주시겠어요?
da seot sa ra mi an jeul ssu in neun te i beu reul
jju si ge sseo yo
可以給我五人坐的餐桌嗎？

계산서 좀 주세요.
gye san seo jom ju se yo
請給我帳單。

주문을 바꿔도 됩니까?
ju mu neul ppa kkwo do doem ni kka
我可以更改點的菜嗎？

더 드시겠어요?
deo deu si ge sseo yo
您還要再吃嗎？

여기 빨리 좀 갖다 주세요. 제가 좀 바빠서 그래요.
yeo gi ppal li jom gat tta ju se yo je ga jom ba ppa
seo geu rae yo

這裡的餐點請快點送上來，因為我有點忙。

맛있게 드세요.
ma sit kke deu se yo
請您慢用。

주문한 음식이 아직 안 나왔는데요.
ju mun han eum si gi a jik an na wan neun de yo
我點的菜還沒送上來耶！

죄송합니다. 즉시 갖다 드리겠습니다.
joe song ham ni da jeuk ssi gat tta deu ri get
sseum ni da
對不起，我馬上送過來。

식사 중
用餐中

情境會話

A 왜 이 불고기를 안 드세요?
wae i bul go gi reul an deu se yo
你為什麼不吃這個烤肉？

B 저는 채식주의자라서 고기는 안 먹어요.
jeo neun chae sik jju ui ja ra seo go gi neun an meo geo yo
因為我是素食主義者，所以不吃肉。

情境會話

A 사양하지 마시고 많이 드십시오.
sa yang ha ji ma si go ma ni deu sip ssi o
別客氣多吃一點。

B 고맙습니다. 잘 먹겠습니다.
go map sseum ni da jal meok kket sseum ni da
謝謝，我開動了。

實用例句

음식은 별로 가리지 않는 편이에요.
eum si geun byeol lo ga ri ji an neun pyeo ni e yo
我算是吃東西不太挑剔的人。

이건 평소에 너무 많이 먹어서 이젠 질려요.

135

i geon pyeong so e neo mu ma ni meo geo seo i
jen jil lyeo yo
這個我平常吃太多，已經膩了。

음식 맛이 어떻습니까?
eum sik ma si eo tteo sseum ni kka
菜的味道怎麼樣？

맛있게 잘 드셨습니까?
ma sit kke jal tteu syeot sseum ni kka
您吃飽了嗎？

맘껏 드세요.
mam kkeot deu se yo
您盡量吃。

충분히 먹었습니다.
chung bun hi meo geot sseum ni da
我吃飽了。

맛이 이상하네요.
ma si i sang ha ne yo
味道有點奇怪。

너무 많아서 다 먹을 수 없습니다.
neo mu ma na seo da meo geul ssu eop sseum ni
da
太多了，我吃不完。

한턱 낼 때
請客

情境會話

A 오늘 첫 월급을 받았어요. 그래서 내가 쏠게요.
o neul cheot wol geu beul ppa da sseo yo geu
rae seo nae ga ssol ge yo
今天我領了第一份薪水，所以我請客。

B 정말요? 잘 먹을게요. 고마워요.
jeong ma ryo jal meo geul kke yo go ma wo yo
真的嗎？我開動了，謝謝。

實用例句

그럼 다음엔 내가 꼭 살게요.
geu reom da eu men nae ga kkok sal kke yo
那下次一定我請。

제가 식사 대접 할게요.
je ga sik ssa dae jeop hal kke yo
我請你吃飯。

제가 계산할게요.
je ga gye san hal kke yo
我來結帳。

제가 한턱 낼게요.
je ga han teok nael ge yo

我請客。

나누어 계산하기로 합시다.
na nu eo gye san ha gi ro hap ssi da
我們各付各的吧！

오빠! 밥 좀 사 줘요.
o ppa bap jom sa jwo yo
哥，請我吃飯。

여긴 내가 낼게.
yeo gin nae ga nael ge
這裡我來付。

가자. 맛있는 거 사 줄게.
ga ja ma sin neun geo sa jul ge
走吧，我請你吃好吃的。

오늘은 부장님이 한턱 낸대요.
o neu reun bu jang ni mi han teok naen dae yo
今天部長說要請客。

술집
酒吧

情境會話

A 퇴근 후 시원한 맥주 한잔 어때?
toe geun hu si won han maek jju han jan eo ttae
下班後去喝杯清涼的啤酒，好嗎？

B 좋지.
jo chi
好啊！

情境會話

A 여기요! 맥주 두 병이요!
yeo gi yo maek jju du byeong i yo
服務員，這裡要兩瓶啤酒！

B 안주는 뭐 드려요?
an ju neun mwo deu ryeo yo
要什麼下酒菜？

A 치킨 한 마리 주세요.
chi kin han ma ri ju se yo
給我一隻炸雞。

實用例句

여기요! 한 병씩 더 줘요.
yeo gi yo han byeong ssik deo jwo yo

服務員，這裡再一瓶酒。

내가 제일 좋아하는 와인이야.
nae ga je il jo a ha neun wa i ni ya
這是我最喜歡的紅酒。

나는 하룻 밤에 소주 두 병을 마실 수 있어요.
na neun ha rut ba me so ju du byeong eul ma sil
su i sseo yo
我一天晚上可以喝兩瓶燒酒。

나도 막걸리가 좋아요.
na do mak kkeol li ga jo a yo
我也喜歡喝米酒。

맥주 있어요?
maek jju i sseo yo
有啤酒嗎？

안주는 무엇이 있습니까?
an ju neun mu eo si it sseum ni kka
有什麼下酒菜？

자, 모두들 건배합시다.
ja mo du deul kkeon bae hap ssi da
來，大家一起乾杯。

술은 드세요?
su reun deu se yo
你喝酒嗎？

건배!

geon bae
乾杯！

한잔 더 합시다.
han jan deo hap ssi da
再喝一杯吧。

어떤 술을 좋아하세요?
eo tteon su reul jjo a ha se yo
你喜歡喝什麼酒？

저는 술을 별로 못합니다.
jeo neun su reul ppyeol lo mo tam ni da
我不太會喝酒。

술 한잔 사 주세요.
sul han jan sa ju se yo
請我喝酒吧。

좋은 와인 추천해 주실래요?
jo eun wa in chu cheon hae ju sil lae yo
可以介紹不錯的紅酒給我嗎？

초대할 때
邀請他人

情境會話

A 언니, 내일 시간이 어때요? 같이 쇼핑 가지 않을래요?
eon ni nae il si ga ni eo ttae yo ga chi syo ping ga ji a neul lae yo
姊，你明天有時間嗎？要不要一起去買東西？

B 글쎄, 상황 좀 보고.
geul sse sang hwang jom bo go
不一定，看情況。

情境會話

A 우리 노래방 가자!
u ri no rae bang ga ja
我們去唱歌吧！

B 싫어, 난 할 일이 많아서 못 가.
si reo nan hal i ri ma na seo mot ga
不要，我很多事情要做不能去。

實用例句

오늘 저녁에 회식이 있는데, 오실래요?
o neul jjeo nyeo ge hoe si gi in neun de o sil lae yo
今天傍晚有聚餐，你要來嗎？

내일 꼭 모임에 나와야 해요.

nae il kkok mo i me na wa ya hae yo

明天你一定要來參加聚會啦！

파티가 있는데, 오시겠어요?

pa ti ga in neun de o si ge sseo yo

有Party你要來嗎？

선약이 있습니다.

seo nya gi it sseum ni da

我已經有約了。

와 줘서 고맙습니다.

wa jwo seo go map sseum ni da

你能來，謝謝你。

다음에 또 초대할게요.

da eu me tto cho dae hal kke yo

我下次再邀請你。

전화 예절
電話禮儀

情境會話

A
안녕하세요? 저는 대만회사 홍보팀 김수현입니다. 한 부장님을 좀 바꿔 주시겠습니까?

an nyeong ha se yo jeo neun dae man hoe sa hong bo tim gim su hyeo nim ni da han bu jang ni meul jjom ba kkwo ju si get sseum ni kka

您好，我是台灣公司宣傳部的金秀賢。可以麻煩請韓部長聽電話嗎？

B
예, 바꿔 드리겠습니다. 잠시만 기다려 주세요.

ye ba kkwo deu ri get sseum ni da jam si man gi da ryeo ju se yo

好的，幫您轉接，請稍等。

實用例句

마케팅을 담당하고 계신 분을 좀 바꿔주시겠습니까?

ma ke ting eul ttam dang ha go gye sin bu neul jjom ba kkwo ju si get sseum ni kka

可以麻煩請銷售負責人聽電話嗎？

여보세요, 박 교수님 댁이지요.

yeo bo se yo bak gyo su nim dae gi ji yo

喂，請問是朴教授家嗎？

서울대학의 이영은인데요. 미안하지만 김 교수님 좀 바꿔 주세요.

seo ul dae ha gui i yeong eu nin de yo mi an ha ji man gim gyo su nim jom ba kkwo ju se yo

我是首爾大學的李英恩，不好意思，麻煩請金教授接電話。

이 전화 요금을 언제까지 내야 합니까?

i jeon hwa yo geu meul eon je kka ji nae ya ham ni kka

這個電話費什麼時候要繳？

지금 자리에 안 계십니다. 메시지를 남겨 드릴까요?

ji geum ja ri e an gye sim ni da me si ji reul nam gyeo deu ril kka yo

他現在不在，要為您留話嗎？

이 사장님과 통화를 할 수 있을까요?

i sa jang nim gwa tong hwa reul hal ssu i sseul kka yo

我可以和李社長通電話嗎？

중국어를 잘하는 분을 바꿔주시겠습니까?

jung gu geo reul jjal ha neun bu neul ppa kkwo ju si get sseum ni kka

麻煩可以請會中文的人聽電話嗎？

어디에 전화하신 겁니까?

eo di e jeon hwa ha sin geom ni kka

您要打到哪裡呢？

어느 부서를 연결해 드릴까요?

eo neu bu seo reul yeon gyeol hae deu ril kka yo

要為您連接到哪個部門？

죄송합니다만 잘 안 들립니다.

joe song ham ni da man jal an deul lim ni da

對不起，我聽不清楚。

그는 지금 회의 중입니다. 한 시간 후에 다시 전화
하시겠습니까?

geu neun ji geum hoe ui jung im ni da han si gan
hu e da si jeon hwa ha si get sseum ni kka

他現在在開會，可以請您一個小時後再打電話過來
嗎？

전화 왔었다고 전해 드리겠습니다.

jeon hwa wa sseot tta go jeon hae deu ri get
sseum ni da

我會轉告他您有來電。

20분 후 다시 전화하겠습니다.

i sip ppun hu da si jeon hwa ha get sseum ni da

20分鐘後我會再打電話過來。

괜찮습니다. 나중에 전화 드리죠.

gwaen chan sseum ni da na jung e jeon hwa deu
ri jyo

沒關係，我以後再打。

김 비서 언제 돌아오시나요?

gim bi seo eon je do ra o si na yo

金祕書什麼時候會回來呢？

돌아오는 대로 즉시 전화해 달라고 전해주십시오.

do ra o neun dae ro jeuk ssi jeon hwa hae dal la
go jeon hae ju sip ssi o

他一回來請您轉告他馬上打電話給我。

저는 박효민이라고 합니다. 김 팀장님 지금 자리에
계시나요?

jeo neun ba kyo mi ni ra go ham ni da gim tim jang
nim ji geum ja ri e gye si na yo

我是朴孝敏，請問金隊長在嗎？

메세지를 남겨 드릴까요? 아니면 휴대폰 번호를
알려 드릴까요?

me se ji reul nam gyeo deu ril kka yo a ni myeon
hyu dae pon beon ho reul al lyeo deu ril kka yo

要幫您留言嗎？還是告訴您他的手機號碼？

헤어질 때
道別

情境會話

A 벌써 가려고요?
beol sseo ga ryeo go yo
這麼快就要走啦？

B 9시전까지 집에 도착해야 합니다.
a hop ssi jeon kka ji ji be do cha kae ya ham ni da
九點以前必須到家。

A 그렇군요. 그럼 조심해서 가세요.
geu reo ku nyo geu reom jo sim hae seo ga se yo
這樣啊！那一路小心。

實用例句

그럼 다음에 뵙겠습니다.
geu reom da eu me boep kket sseum ni da
那麼下次見。

시간이 늦었습니다. 가야겠어요.
si ga ni neu jeot sseum ni da ga ya ge sseo yo
時間不早了，我該走了。

나중에 봐요.
na jung e bwa yo

改天見。

저는 이쪽으로 가겠습니다.
jeo neun i jjo geu ro ga get sseum ni da
我要走這一邊。

안녕히 가세요. 잘 지내세요.
an nyeong hi ga se yo jal jji nae se yo
再見，保重。

살펴 가십시오.
sal pyeo ga sip ssi o
請慢走。

내일 봐요.
nae il bwa yo
明天見。

회사에 다시 들어가야 할 시간이에요.
hoe sa e da si deu reo ga ya hal ssi ga ni e yo
我該回公司了。

대중교통
大眾運輸

情境會話

A 명동에 가려면 몇 번 버스를 타야 됩니까?
myeong dong e ga ryeo myeon myeot ppeon beo seu reul ta ya doem ni kka
去明洞要搭幾號公車呢？

B 여기서 234번 버스를 타면 갈 수 있어요.
yeo gi seo i baek ssam sip ssa beon beo seu reul ta myeon gal ssu i sseo yo
在這裡搭234號公車就可以到了。

情境會話

A 기차표가 다 팔렸는데 어떡해요?
gi cha pyo ga da pal lyeon neun de eo tteo kae yo
火車票都賣完了耶，怎麼辦？

B 어쩔 수 없네요. 그럼 우린 차로 부산에 갑시다.
eo jjeol su eom ne yo geu reom u rin cha ro bu sa ne gap ssi da
沒辦法，那我們開車去釜山吧。

情境會話

A 다음 역은 어디입니까?
da eum yeo geun eo di im ni kka
下一站是哪裡？

B 다음 역은 동대문 역입니다.
da eum yeo geun dong dae mun yeo gim ni da
下一站是東大門站。

情境會話

A 롯데월드에 가고 싶어요. 뭘 타고 가면 제일
빠릅니까?
rot tte wol deu e ga go si peo yo mwol ta go ga
myeon je il ppa reum ni kka
我想去樂天世界，搭什麼去最快？

B 지하철을 타고 가시면 제일 빠릅니다.
ji ha cheo reul ta go ga si myeon je il ppa reum
ni da
搭地鐵去最快。

實用例句

다음 역에서 갈아타세요.
da eum yeo ge seo ga ra ta se yo
請在下一站換車。

운행 스케줄을 어디서 볼 수 있어요?
un haeng seu ke ju reul eo di seo bol su i sseo yo
哪裡可以看火車時刻表？

종점이 서울입니다.
jong jeo mi seo u rim ni da
終點站是首爾。

전차는 몇 분마다 옵니까?

jeon cha neun myeot bun ma da om ni kka

電車每幾分鐘有一班？

기차가 빨리 도착할 것 같군요.

gi cha ga ppal li do cha kal kkeot gat kku nyo

估計火車會早些抵達。

기차표를 어디서 사야 하나요?

gi cha pyo reul eo di seo sa ya ha na yo

火車票在哪買呢？

더 빠른 열차가 없나요?

deo ppa reun yeol cha ga eom na yo

有更快一點的列車嗎？

기차역이 어디에 있습니까?

gi cha yeo gi eo di e it sseum ni kka?

火車站在哪裡呢？

경희대학교에 가려면 몇 번 출구예요?

gyeong hi dae hak kkyo e ga ryeo myeon myeot
beon chul gu ye yo

要去慶熙大學要從幾號出口出去呢？

다음 역에서 지하철 2호선을 갈아타세요.

da eum yeo ge seo ji ha cheol i ho seo neul kka ra
ta se yo

請在下一站換乘二號線。

몇 호선을 타야 합니까?

myeot ho seo neul ta ya ham ni kka

該搭幾號線呢？

서울역까지 왕복표 한 장 주세요.
seo ul lyeok kka ji wang bok pyo han jang ju se yo
請給我一張到首爾站的往返票。

버스는 언제 오죠?
beo seu neun eon je o jyo
公車什麼時候會來？

이 버스는 어디로 갑니까?
i beo seu neun eo di ro gam ni kka
這台公車開往哪裡？

어느 쪽에서 버스를 타야 합니까?
eo neu jjo ge seo beo seu reul ta ya ham ni kka
我該在哪一邊搭公車？

감사의 표현
道謝的表現

情境會話

A
도와 줘서 정말 고마워요.
do wa jwo seo jeong mal kko ma wo yo
謝謝你能幫我。

B
고맙긴. 우리가 어떤 사인데.
go map kkin u ri ga eo tteon sa in de
謝什麼，我們那麼熟了。

實用例句

대단히 감사합니다.
dae dan hi gam sa ham ni da
非常謝謝你。

고맙습니다.
go map sseum ni da
謝謝你。

가르쳐 주셔서 감사합니다.
ga reu cheo ju syeo seo gam sa ham ni da
謝謝您的指導。

천만에요.
cheon ma ne yo
不客氣。

도움이 되어서 정말 기쁩니다.

do u mi doe eo seo jeong mal kki ppeum ni da

很高興能幫上你的忙。

당신 덕분이에요. 감사합니다.

dang sin deok ppu ni e yo gam sa ham ni da

托你的福，謝謝。

다시 한번 감사 드립니다.

da si han beon gam sa deu rim ni da

再次感謝您。

이것은 사소한 일이에요.

i geo seun sa so han i ri e yo.

這只是小事一樁。

길을 가르쳐 주셔서 고맙습니다.

gi reul kka reu cheo ju syeo seo go map sseum ni da

謝謝你為我指路。

오늘은 고마웠어요.

o neu reun go ma wo sseo yo.

今天謝謝你了。

사과의 표현
道歉的表現

情境會話

A 죄송합니다. 오래 기다리셨죠.
joe song ham ni da o rae gi da ri syeot jjyo
對不起，你等很久了吧？

B 괜찮습니다. 저도 방금 왔습니다.
gwaen chan sseum ni da jeo do bang geum
wat sseum ni da
沒關係，我也剛來。

情境會話

A 그쪽이 사과해야 하는 거 아니에요?
geu jjo gi sa gwa hae ya ha neun geo a ni e yo
難道你不應該道歉嗎？

B 잘못한 것도 없는데, 내가 왜 사과를 해요?
jal mo tan geot tto eom neun de nae ga wae sa
gwa reul hae yo
我又沒做錯事，我為什麼要道歉？

實用例句

내가 먼저 꼭 사과해야 해?
nae ga meon jeo kkok sa gwa hae ya hae
我一定要先道歉嗎？

사과드릴게요. 제가 잘못했어요.
sa gwa deu ril ge yo je ga jal mo tae sseo yo
我向你道歉，我錯了。

대단히 죄송합니다.
dae dan hi joe song ham ni da
非常抱歉。

지난번에는 미안했어요.
ji nan beo ne neun mi an hae sseo yo
上次很抱歉。

용서해 주세요.
yong seo hae ju se yo
原諒我吧！

죄송합니다. 괜찮으세요?
joe song ham ni da gwaen cha neu se yo
對不起，你還好嗎？

항상 폐만 끼쳐서 정말 죄송합니다.
hang sang pye man kki cheo seo jeong mal jjoe
song ham ni da
總是給您添麻煩，很抱歉。

도움을 청할 때
請求幫助

情境會話

A 제 부탁 하나만 들어줄 수 있어요?
je bu tak ha na man deu reo jul su i sseo yo
你能幫我一個忙嗎?

B 당연히 문제 없어요. 무슨 부탁인데요?
dang yeon hi mun je eop sseo yo mu seun bu
ta gin de yo
當然沒問題,什麼忙?

情境會話

A 제가 지금 잔돈이 없는데 3000원만 빌려 줄 수
있어요?
je ga ji geum jan do ni eom neun de sam cheo
nwon man bil lyeo jul su i sseo yo
我現在沒有零錢,你可以借我三千韓元嗎?

B 그럼, 문제 없어요.
geu reom mun je eop sseo yo
當然沒問題。

實用例句

좀 도와주세요.
jom do wa ju se yo
請幫助我。

제가 도움 드릴게요.

je ga do um deu ril ge yo

我來幫忙。

좀 도와 주시겠습니까?

jom do wa ju si get sseum ni kka

可以幫忙嗎？

뭐 좀 부탁 드려도 돼요?

mwo jom bu tak deu ryeo do dwae yo

可以拜託你幫忙嗎？

짐 좀 옮겨 주시겠어요?

jim jom om gyeo ju si ge sseo yo

可以幫我搬行李嗎？

기꺼이 도와드릴게요.

gi kkeo i do wa deu ril ge yo

我很樂意幫助你。

시험
考試

情境會話

A 한국어 능력 시험 접수했어요?
han gu geo neung nyeok si heom jeop ssu hae
sseo yo
韓語能力考試你報名了嗎？

B 아니요, 아직 안 했어요.
a ni yo a jik an hae sseo yo
不，我還沒報名。

A 오늘이 마지막 날이에요. 빨리 접수하세요.
o neu ri ma ji mak na ri e yo ppal li jeop ssu ha
se yo
今天是最後一天，你趕快去報名。

情境會話

A 너 오늘 시험 잘 봤어?
neo o neul ssi heom jal ppwa sseo
你今天考得怎麼樣？

B 그저 그래요. 영어는 생각보다 어려웠어요.
geu jeo geu rae yo yeong eo neun saeng gak
ppo da eo ryeo wo sseo yo
還好，英文考得比預期的還難。

實用例句

시험 결과는 어떻게 되었나요?

si heom gyeol gwa neun eo tteo ke doe eon na yo

考試結果怎麼樣？

그는 이번 시험도 1등을 받았다고 들었어요.

geu neun i beon si heom do il deung eul ppa dat tta go deu reo sseo yo

聽說這次考試他又得到第一名。

이번 시험 통과할 수 있을지 잘 모르겠어요.

i beon si heom tong gwa hal ssu i sseul jji jal mo reu ge sseo yo

我不知道這次的考試能不能通過。

이건 내게 어려운 학과예요.

i geon nae ge eo ryeo un hak kkwa ye yo

對我來說這是困難的學科。

성적은 지난 번보다 나빴어요.

seong jeo geun ji nan beon bo da na ppa sseo yo

成績比上次還差。

내일이 시험인데 공부 잘 했어요?

nae i ri si heo min de gong bu jal hae sseo yo

明天就要考試了，有好好讀書嗎？

외국어 학습
學習外語

114

情境會話

A 영어를 할 줄 아세요?
yeong eo reul hal jjul a se yo
你會說英語嗎?

B 예, 할 줄 알아요.
ye hal jjul a ra yo
是的,我會英語。

A 저는 영어는 못 하지만 한국어는 할 줄 알아요.
jeo neun yeong eo neun mot ha ji man han gu
geo neun hal jjul a ra yo
我雖然不會英文,但我會韓文。

B 정말요? 가르쳐 주세요. 저도 한국어를 배우고
싶어요.
jeong ma ryo ga reu cheo ju se yo jeo do han
gu geo reul ppae u go si peo yo
真的嗎?教教我,我也想學韓語。

實用例句

설명은 영어로 해주시겠습니까?
seol myeong eun yeong eo ro hae ju si get sseum
ni kka
你可以用英語解說嗎?

아니요. 중국어를 할 줄 몰라요.

a ni yo jung gu geo reul hal jjul mol la yo
不，我不會講中文。

어떤 외국어를 할 줄 아세요?
eo tteon oe gu geo reul hal jjul a se yo
你會什麼外語？

영어 공부 언제부터 하셨어요?
yeong eo gong bu eon je bu teo ha syeo sseo yo
你從什麼時候開始學英文的？

일본어 배우고 싶어요.
il bo neo bae u go si peo yo
我想學日語。

외국어를 배우면 머리가 더 좋아질 수 있어요?
oe gu geo reul ppae u myeon meo ri ga deo jo a jil
su i sseo yo
學外語頭腦會變好嗎？

한국어를 배운지 2년이 됐지만 아직도 잘 하지
못해요.
han gu geo reul ppae un ji i nyeo ni dwaet jji man
a jik tto jal ha ji mo tae yo
雖然我學了兩年的韓語，但現在還講得不好。

구직
求職

情境會話

A
좋은 일자리 좀 소개해 줘요.
jo eun il ja ri jom so gae hae jwo yo
幫我介紹好工作吧。

B
우리 회사에 좋은 일자리가 있는지 좀 알아 볼게요.
u ri hoe sa e jo eun il ja ri ga in neun ji jom a ra bol ge yo
我幫你打聽看看我們公司有沒有不錯的工作。

A
잘 부탁해요.
jal ppu ta kae yo
麻煩你了。

情境會話

A
취직 면접 시험은 어땠어요?
chwi jik myeon jeop si heo meun eo ttae sseo yo
求職面試得怎麼樣？

B
합격했어요.
hap kkyeo kae sseo yo
我合格了。

A
와, 축하해요.
wa chu ka hae yo
哇！恭喜你。

情境會話

A
면접을 봤는데 아직 연락이 없어요.
myeon jeo beul ppwan neun de a jik yeol la gi eop sseo yo
我去面試了，但都還沒有消息。

B
낙심하지 마시고 다른 일자리도 찾아봐요.
nak ssim ha ji ma si go da reun il ja ri do cha ja bwa yo
別灰心，也找找看其他工作。

實用例句

제가 지금 일자리를 찾고 있는데요.
je ga ji geum il ja ri reul chat kko in neun de yo
我現在在找工作。

일자리를 구하고 있나요?
il ja ri reul kku ha go in na yo
你在找工作嗎？

통신 회사에 취직했어요.
tong sin hoe sa e chwi ji kae sseo yo
我在通信公司找到工作了。

저 승진했어요.
jeo seung jin hae sseo yo
我升職了。

좋은 직업을 찾기가 쉽지 않아요.
jo eun ji geo beul chat kki ga swip jji a na yo
好工作不容易找。

나 드디어 취직했어요.
na deu di eo chwi ji kae sseo yo
我終於找到工作了。

이력서 좀 보여 주시겠어요?
i ryeok sseo jom bo yeo ju si ge sseo yo
可以給我看您的履歷嗎？

이 회사 대우가 좋은데 통근 시간이 너무 오래 걸려
요.
i hoe sa dae u ga jo eun de tong geun si ga ni neo
mu o rae geol lyeo yo
這間公司的待遇不錯，但通勤時間太長了。

내가 취직하면 맛있는 거 사 줄게.
nae ga chwi ji ka myeon ma sin neun geo sa jul ge
如果我找到工作，我就請你吃好吃的。

출근
上班

情境會話

A 몇 시에 출근해요?
myeot si e chul geun hae yo
你幾點上班？

B 아침 9시반에 출근해요.
a chim a hop ssi ba ne chul geun hae yo
我早上九點半上班。

A 그럼 몇 시에 퇴근해요?
geu reom myeot si e toe geun hae yo
那你幾點下班？

B 잔업을 하지 않으면 보통 저녁 7시에 퇴근해요.
ja neo beul ha ji a neu myeon bo tong jeo nyeok il gop ssi e toe geun hae yo
如果不加班的話，通常晚上七點下班。

情境會話

A 저녁 식사 시간 지났네요. 퇴근합시다.
jeo nyeok sik ssa si gan ji nan ne yo toe geun hap ssi da
已經過晚餐時間了耶，我們下班吧！

B 찬성이요. 전 배 고파 죽겠어요.
chan seong i yo jeon bae go pa juk kke sseo yo.
我贊成，我肚子餓死了。

167

오늘 야근하십니까?
o neul ya geun ha sim ni kka
今天你要加班嗎？

오늘 저는 회사에서 두 시간 일찍 조퇴했어요.
o neul jjeo neun hoe sa e seo du si gan il jjik jo toe
hae sseo yo
今天我提早兩個小時下班。

요즘 일 때문에 스트레스를 많이 받았어요.
yo jeum il ttae mu ne seu teu re seu reul ma ni ba
da sseo yo
最近因為工作的關係壓力很大。

어떤 일을 하십니까?
eo tteon i reul ha sim ni kka
您在做什麼工作？

일할 때는 게으름 피우지 마세요.
il hal ttae neun ge eu reum pi u ji ma se yo
上班的時候，別偷懶。

저는 평범한 회사원입니다.
jeo neun pyeong beom han hoe sa wo nim ni da
我是平凡的上班族。

하루 휴가를 내도 되겠습니까?
ha ru hyu ga reul nae do doe get sseum ni kka
我可以請一天假嗎？

좀 급하게 처리해야 할 일이 생겼습니다.
jom geu pa ge cheo ri hae ya hal i ri saeng gyeot sseum ni da
我突然有急事要處理。

회의 시간이 언제죠?
hoe ui si ga ni eon je jyo
開會的時間是什麼時候？

죄송합니다. 늦었습니다.
joe song ham ni da neu jeot sseum ni da
對不起，我遲到了。

내일까지 기획안을 제출하도록 하세요.
nae il kka ji gi hoe ga neul jje chul ha do rok ha se yo
請在明天之前把企劃案交出來。

당신 다니는 회사는 어디에 있습니까?
dang sin da ni neun hoe sa neun eo di e it sseum ni kka?
你上班的公司在哪裡？

일은 아직 익숙하지 않습니다.
i reun a jik ik ssu ka ji an sseum ni da
工作還沒熟悉。

지금 바쁘세요?
ji geum ba ppeu se yo
你現在忙嗎？

지금 내 사무실로 올 수 있어요?

ji geum nae sa mu sil lo ol su i sseo yo
你現在可以來我的辦公室嗎？

수고하셨습니다.
su go ha syeot sseum ni da
您辛苦了。

먼저 퇴근해도 될까요?
meon jeo toe geun hae do doel kka yo
我可以先下班嗎？

쇼핑
購物

情境會話

A 이 목도리 얼마죠?
i mok tto ri eol ma jyo
這個圍巾多少錢？

B 만오천원입니다.
ma no cheo nwo nim ni da
一萬五千韓元。

A 좀 싸게 줄 수 있어요?
jom ssa ge jul su i sseo yo
可以算便宜一點嗎？

B 신상품이라서 싸게 못 드려요.
sin sang pu mi ra seo ssa ge mot deu ryeo yo
因為是新品，所以便宜不了。

情境會話

A 저 단골이니까 싸게 해 주실거죠?
jeo dan go ri ni kka ssa ge hae ju sil geo jyo
我是常客，會算我便宜一點吧？

B 물론입니다.
mul lo nim ni da
當然囉！

情境會話

171

A 아주머님, 이거 얼마예요?

a ju meo nim i geo eol ma ye yo

老闆娘，這個多少錢？

B 원래 삼만원인데, 이만오천원 드릴게요.

wol lae sam ma nwo nin de i ma no cheo nwon deu ril ge yo

原本是三萬韓元，賣你兩萬五吧。

實用例句

얼마 드려야 되죠?

eol ma deu ryeo ya doe jyo

要給你多少錢？

세금까지 전부 얼마입니까?

se geum kka ji jeon bu eol ma im ni kka

含稅總共是多少錢？

그거 세일 기간 중에 샀어요.

geu geo se il gi gan jung e sa sseo yo

那是在打折期間買的。

봄 신상품 좀 보여 주시겠어요?

bom sin sang pum jom bo yeo ju si ge sseo yo

可以給我看春季的新商品嗎？

세일중인 신발들이 어떤 건가요?

se il jung in sin bal tteu ri eo tteon geon ga yo

特價中的鞋子是哪些呢？

입어봐도 됩니까?

i beo bwa do doem ni kka

可以試穿嗎？

저기요, 거울이 어디에 있어요?
jeo gi yo geo u ri eo di e i sseo yo
請問鏡子在哪裡？

이 상품은 언제까지 세일을 하죠?
i sang pu meun eon je kka ji se i reul ha jyo
這商品打折到什麼時候？

저는 운동화 하나를 사려고 합니다.
jeo neun un dong hwa ha na reul ssa ryeo go ham
ni da
我想買一雙運動鞋。

긴 치마를 찾고 있습니다.
gin chi ma reul chat kko it sseum ni da
我在找長裙。

싸게 주면 안 돼요?
ssa ge ju myeon an dwae yo
不能算便宜一點嗎？

좀 깎아 주세요.
jom kka kka ju se yo
算便宜一點吧！

상품권을 사용할 수 있습니까?
sang pum gwo neul ssa yong hal ssu it sseum ni
kka
可以使用商品券嗎？

마음에 들어요. 이걸로 주세요.
ma eu me deu reo yo i geol lo ju se yo
我很喜歡，我要買這個。

저게 좋군요. 보여 주시겠어요?
jeo ge jo ku nyo bo yeo ju si ge sseo yo
那個不錯耶！可以給我看看嗎？

계산할 때
結帳

情境會話

A
여기 카드 돼죠?
yeo gi ka deu dwae jyo
這裡可以刷卡吧？

B
죄송합니다. 저희는 현금만 받습니다.
joe song ham ni da jeo hi neun hyeon geum
man bat sseum ni da
對不起，我們只收現金。

情境會話

A
이걸로 주세요.
i geol lo ju se yo
我要買這個。

B
네, 비닐 봉투 필요하세요?
ne bi nil bong tu pi ryo ha se yo
好的，您需要塑膠袋嗎？

實用例句

모두 얼마예요?
mo du eol ma ye yo
全部多少錢？

어디에서 계산하나요?

eo di e seo gye san ha na yo
在哪結帳呢？

분할 지불은 안 됩니다.
bun hal jji bu reun an doem ni da
不可以分期付款。

거스름돈과 영수증 받으세요.
geo seu reum don gwa yeong su jeung ba deu se
yo
請收下找的零錢和收據。

계산이 잘못된 것 같은데요.
gye sa ni jal mot ttoen geot ga teun de yo
我覺得好像計算錯誤。

포장을 해 줄 수 있어요?
po jang eul hae jul su i sseo yo
可以幫我包裝嗎？

연애
戀愛

情境會話

A 나 어제 태희 씨한테 프러포즈했어요.
na eo je tae hi ssi han te peu reo po jeu hae
sseo yo
我昨天向泰求婚了。

B 성공했어요?
seong gong hae sseo yo
成功了嗎？

A 아니요, 거절을 당했어요.
a ni yo geo jeo reul ttang hae sseo yo
沒有，我被拒絕了。

B 참 안됐네요.
cham an dwaen ne yo
你真可憐。

情境會話

A 정말 나랑 결혼하고 싶어요?
jeong mal na rang gyeol hon ha go si peo yo
你真的願意和我結婚嗎？

B 정말이에요. 못 믿겠어요?
jeong ma ri e yo mot mit kke sseo yo
真的啊，你不相信嗎？

情境會話

177

처음 만났을 때부터 당신을 좋아했어요. 저랑 사귀시겠어요?

A cheo eum man na sseul ttae bu teo dang si neul jjo a hae sseo yo jeo rang sa gwi si ge sseo yo

從第一次見到你的時候我就喜歡你了。你願意和你交往嗎？

제가 생각 좀 해 볼게요.

B je ga saeng gak jom hae bol ge yo

我考慮一下。

情境會話

오늘 나랑 술 좀 같이 마셔 줄 수 있어요?

A o neul na rang sul jom ga chi ma syeo jul su i sseo yo

你今天可以陪我喝酒嗎？

무슨 일 있는 거예요？

B mu seun il in neun geo ye yo

發生什麼事了嗎？

사실 나 오늘 이혼했어요.

A sa sil na o neul i hon hae sseo yo

其實我今天離婚了。

實用例句

이 세상 누구보다도 당신을 사랑합니다.

i se sang nu gu bo da do dang si neul ssa rang ham ni da

我愛你勝過世界上的任何人。

너 지금 연애하지？

neo ji geum yeo nae ha ji
你是不是在談戀愛？

좋아하는 여자에게 고백을 했는데 거절을 당했어
요.
jo a ha neun yeo ja e ge go bae geul haen neun
de geo jeo reul ttang hae sseo yo
我向喜歡的女生告白了，但卻被拒絕了。

당신 지난 번에 저 좋아한다고 말한 거, 진심이에
요？
dang sin ji nan beo ne jeo jo a han da go mal han
geo jin si mi e yo
上次你說喜歡我，是認真的嗎？

결혼하셨습니까？
gyeol hon ha syeot sseum ni kka
你結婚了嗎？

결혼을 전제로 사귀고 싶어요.
gyeol ho neul jjeon je ro sa gwi go si peo yo
我想以結婚為前提交往。

사랑해요.
sa rang hae yo
我愛你。

너를 좋아해.
neo reul jjo a hae
我喜歡你。

당신은 제가 좋아하는 타입이 아니에요.

dang si neun je ga jo a ha neun ta i bi a ni e yo
你不是我喜歡的型。

그녀는 완전히 내 스타일이야.
geu nyeo neun wan jeon hi nae seu ta i ri ya
她完全是我的菜。

그는 내 이상형이에요.
geu neun nae i sang hyeong i e yo
他是我的理想情人。

넌 그녀랑 사귀니?
neon geu nyeo rang sa gwi ni
你和她在交往嗎？

어제 여자친구와 헤어졌어요.
eo je yeo ja chin gu wa he eo jeo sseo yo
昨天我和女朋友分手了。

나는 그에게 차였어요.
na neun geu e ge cha yeo sseo yo
我被他甩了。

남자친구가 내게 청혼했어요.
nam ja chin gu ga nae ge cheong hon hae sseo yo
我男朋友向我求婚了。

좋은 남자 좀 소개해 주세요.
jo eun nam ja jom so gae hae ju se yo
介紹好男人給我吧。

아플 때
生病

情境會話

A 어디가 아프십니까?
eo di ga a peu sim ni kka
您哪裡不舒服？

B 목이 아픕니다.
mo gi a peum ni da
我喉嚨痛。

A 다른 증상이 없어요?
da reun jeung sang i eop sseo yo
還有其他症狀嗎？

B 그리고 기침이 심합니다.
geu ri go gi chi mi sim ham ni da
還有咳嗽很嚴重。

情境會話

A 안색이 안 좋군요. 어디 아파요?
an sae gi an jo ku nyo eo di a pa yo
你臉色很不好耶！哪裡不舒服嗎？

B 온몸에 힘이 없어요. 감기에 걸린 것 같아요.
on mo me hi mi eop sseo yo gam gi e geol lin
geot ga ta yo
我全身沒有力氣，好像感冒了。

A

수업 끝난 후에 같이 병원에 가요.

su eop kkeun nan hu e ga chi byeong wo ne ga yo

下課後，一起去看醫生吧。

B

그럴 필요 없어요. 저 약국에 가서 감기약을 사면 돼요.

geu reol pi ryo eop sseo yo jeo yak kku ge ga seo gam gi ya geul ssa myeon dwae yo

不用拉，我去藥局買感冒藥就行了。

實用例句

이 근처에 병원이 있습니까?

i geun cheo e byeong wo ni it sseum ni kka

這附近有醫院嗎？

배가 아픕니다.

bae ga a peum ni da

我肚子痛。

콧물이 납니다.

kon mu ri nam ni da

我流鼻水。

설사가 납니다.

seol sa ga nam ni da

我拉肚子。

식욕이 전혀 없습니다.

si gyo gi jeon hyeo eop sseum ni da

我沒有食慾。

몸이 나른합니다.
mo mi na reun ham ni da
身體沒力。

열이 많습니다.
yeo ri man sseum ni da
我發高燒。

코가 막힙니다.
ko ga ma kim ni da
我鼻塞。

전에도 그렇게 아픈 적이 있었습니까?
jeo ne do geu reo ke a peun jeo gi i sseot sseum
ni kka
您之前也有這麼不舒服過嗎？

여기가 너무 가렵습니다.
yeo gi ga neo mu ga ryeop sseum ni da
這裡很癢。

구급차를 불러 주십시오.
gu geup cha reul ppul leo ju sip ssi o
請幫我叫救護車。

어떤 증상입니까?
eo tteon jeung sang im ni kka
您有哪些症狀？

입을 크게 벌려 주세요.
i beul keu ge beol lyeo ju se yo
請把嘴巴張大。

약국
藥局

情境會話

A 처방전을 주시겠습니까?
cheo bang jeo neul jju si get sseum ni kka
請給我處方籤。

B 여기 있습니다.
yeo gi it sseum ni da
在這裡。

A 이 약은 하루에 세번 식사 후에 드십시오.
i ya geun ha ru e se beon sik ssa hu e deu sip ssi o
這個藥一天飯後三次。

B 알겠습니다. 고맙습니다.
al kket sseum ni da go map sseum ni da
知道了，謝謝。

情境會話

A 두통 약이 있습니까?
du tong ya gi it sseum ni kka
有頭痛藥嗎？

B 있습니다.
it sseum ni da
有的。

情境會話

A 머리가 너무 아파서 일에 집중할 수가 없어요.
meo ri ga neo mu a pa seo i re jip jjung hal ssu ga eop sseo yo
我頭很痛，沒辦法集中精神工作。

B 내가 약국에서 약을 좀 사다 줄까요?
nae ga yak kku ge seo ya geul jjom sa da jul kka yo
要不要我去藥局買藥給你吃？

A 그러세요. 고마워요.
geu reo se yo go ma wo yo
麻煩你了，謝謝

實用例句

약국이 어디죠?
yak kku gi eo di jyo
藥局在哪裡？

처방전 없이는 약을 살 수 없습니다.
cheo bang jeon eop ssi neun ya geul ssal ssu eop sseum ni da
沒有處方籤不可以買藥。

이 약은 부작용이 없을까요?
i ya geun bu ja gyong i eop sseul kka yo
這個藥沒有副作用嗎？

소화제를 사고 싶습니다.
so hwa je reul ssa go sip sseum ni da
我想買消化劑。

진통제를 주시겠어요?

jin tong je reul jju si ge sseo yo
可以給我止痛藥嗎？

두통에는 뭐가 좋습니까？
du tong e neun mwo ga jo sseum ni kka
頭痛有什麼藥比較有效？

몇 알씩 먹어야 하나요？
myeot al ssik meo geo ya ha na yo
要吃幾粒？

이 처방전을 가지고 약국에서 약을 사십시오.
i cheo bang jeo neul kka ji go yak kku ge seo ya
geul ssa sip ssi o
請拿著這個處方籤到藥局買藥。

하루에 몇 번 먹습니까？
ha ru e myeot beon meok sseum ni kka
藥一天要吃幾次？

아스피린을 주시겠습니까？
a seu pi ri neul jju si get sseum ni kka
可以給我阿斯匹靈嗎？

저는 알레르기 체질입니다.
jeo neun al le reu gi che ji rim ni da
我是過敏體質。

감기약에도 처방전이 필요한가요？
gam gi ya ge do cheo bang jeo ni pi ryo han ga yo
買感冒藥也需要處方籤嗎？

은행
銀行

情境會話

A 이 수표를 현금으로 바꾸어 주세요.
i su pyo reul hyeon geu meu ro ba kku eo ju se yo
請幫我把這張支票換成現金。

B 현금을 어떻게 드릴까요?
hyeon geu meul eo tteo ke deu ril kka yo
現金要怎麼給你?

A 전부 만원짜리 지폐로 주세요.
jeon bu ma nwon jja ri ji pye ro ju se yo
全部給我萬元的鈔票。

情境會話

A 환전하러 왔습니다.
hwan jeon ha reo wat sseum ni da
我是來換錢的。

B 얼마를 바꿔 드릴까요?
eol ma reul ppa kkwo deu ril kka yo
您要換多少錢?

A 200달러를 한국 돈으로 바꿔 주세요.
i baek ttal leo reul han guk do neu ro ba kkwo ju se yo
請把200美元換成韓幣。

187

이 여행자 수표를 현금으로 바꿔주시겠어요?

i yeo haeng ja su pyo reul hyeon geu meu ro ba kkwo ju si ge sseo yo

可以幫我把這張旅行支票換成現金嗎？

수표 뒷면에 서명 좀 해주시겠습니까?

su pyo dwin myeo ne seo myeong jom hae ju si get sseum ni kka

可以幫我在支票後面簽名嗎？

저는 대출을 받고 싶습니다.

jeo neun dae chu reul ppat kko sip sseum ni da

我想貸款。

이 신청서 좀 작성해 주시겠어요?

i sin cheong seo jom jak sseong hae ju si ge sseo yo

這張申請書可以請您填一下嗎？

신용카드가 없어졌어요.

si nyong ka deu ga eop sseo jeo sseo yo

我的信用卡不見了。

근처에 은행이 있나요?

geun cheo e eun haeng i in na yo

這附近有銀行嗎？

제 계좌에서 50만원을 인출하고 싶습니다.

je gye jwa e seo o sim ma nwo neul in chul ha go sip sseum ni da

我想從帳戶中領出50萬韓元。

돈을 입금하러 왔습니다.
do neul ip kkeum ha reo wat sseum ni da
我要存錢。

저는 계좌를 개설하려 합니다.
jeo neun gye jwa reul kkae seol ha ryeo ham ni da
我想開戶。

비밀번호를 누르세요.
bi mil beon ho reul nu reu se yo
請按下您的密碼。

오늘 환율은 얼마죠?
o neul hwa nyu reun eol ma jyo
今天的匯率多少？

여기서 돈을 바꿀 수 있습니까?
yeo gi seo do neul ppa kkul su it sseum ni kka
這裡可以換錢嗎？

환전을 하려면 어디로 가야 하죠?
hwan jeo neul ha ryeo myeon eo di ro ga ya ha jyo
換錢要到哪裡換？

송금 수수료는 얼마입니까?
song geum su su ryo neun eol ma im ni kka
匯款手續費是多少錢？

우체국
郵局

情境會話

A 저는 소포를 부치러 우체국에 가요.
jeo neun so po reul ppu chi reo u che gu ge ga yo
我要去郵局寄包裹。

B 그러면 가는 김에 이 엽서를 우체통에 넣어 주세요.
geu reo myeon ga neun gi me i yeop sseo reul u che tong e neo eo ju se yo
那你順便幫我把這張明信片投入郵筒。

情境會話

A 한국으로 이 소포를 부치고 싶은데요.
han gu geu ro i so po reul ppu chi go si peun de yo
我要想把這包裹寄到韓國。

B 이 소포를 어떻게 보내 드릴까요?
i so po reul eo tteo ke bo nae deu ril kka yo
要怎麼幫您寄？

A 속달로 부탁합니다.
sok ttal lo bu ta kam ni da
請用快遞寄出。

情境會話

A 우표는 어디서 삽니까?
u pyo neun eo di seo sam ni kka
郵票在哪裡買？

B 사번 창구입니다.
sa beon chang gu im ni da
在4號窗口。

情境會話

A 소포를 보내려고 하는데 어떤 방법이 좋을지 모르겠어요.
so po reul ppo nae ryeo go ha neun de eo tteon bang beo bi jo eul jji mo reu ge sseo yo
我想寄包裹，但我不知道用什麼方法寄比較好。

B 등기 우편으로 보내 보시겠어요? 이 방법으로 보내는 게 매우 안전합니다.
deung gi u pyeo neu ro bo nae bo si ge sseo yo i bang beo beu ro bo nae neun ge mae u an jeon ham ni da
您要不要用掛號寄出？用這個方法寄很安全。

情境會話

A 항공편입니까, 선편입니까?
hang gong pyeo nim ni kka seon pyeo nim ni kka
您要空運還是船運？

B 선편으로 부탁합니다.
seon pyeo neu ro bu ta kam ni da
請用船運寄出。

예. 8만원입니다. 감사합니다.
ye pal ma nwo nim ni da gam sa ham ni da
好的，八萬韓元謝謝。

實用例句

이 편지를 대만에 항공편으로 부치고 싶습니다.
i pyeon ji reul ttae ma ne hang gong pyeo neu ro
bu chi go sip sseum ni da
我想將這封信用空運寄到台灣。

이 편지를 속달로 부치고 싶은데요.
i pyeon ji reul ssok ttal lo bu chi go si peun de yo
這封信我想用快遞寄出。

배편으로 대만으로 짐을 부치고 싶은데요.
bae pyeo neu ro dae ma neu ro ji meul ppu chi go
si peun de yo
我想用船運把行李寄到台灣。

일본까지 항공우편으로 소포를 보내려면 얼마입니
까?
il bon kka ji hang gong u pyeo neu ro so po reul
ppo nae ryeo myeon eol ma im ni kka
用空運寄包裹到日本要多少錢？

이것을 부치는데 우표는 얼마나 필요합니까?
i geo seul ppu chi neun de u pyo neun eol ma na
pi ryo ham ni kka
我要寄這個，需要多少錢的郵票？

340원짜리 우표 열 장 주세요.

sam baek ssa si bwon jja ri u pyo yeol jang ju se yo
請給我十張340韓元的郵票。

제 소포가 언제 그곳에 도착할까요?
je so po ga eon je geu go se do cha kal kka yo
我的包裹什麼時候會送達那裡？

배편으로 보내면 미국까지 한 달 이상 걸릴 겁니다.
bae pyeo neu ro bo nae myeon mi guk kka ji han dal i sang geol lil geom ni da
用船運寄出的話，到美國要花一個月以上。

소포의 내용물은 무엇입니까?
so po ui nae yong mu reun mu eo sim ni kka
包裹的內容物為何？

우체통은 어디에 있습니까?
u che tong eun eo di e it sseum ni kka
請問郵筒在哪裡？

빠른 우편으로 보내려고 하는데요.
ppa reun u pyeo neu ro bo nae ryeo go ha neun de yo
我要寄快件。

화제
話題

情境會話

A 탈춤에 대해 들어보셨습니까?
tal chu me dae hae deu reo bo syeot sseum ni kka
你聽過假面舞嗎？

B 네, 한국 여행을 갔을 때 본 적이 있습니다.
ne han guk yeo haeng eul kka sseul ttae bon jeo gi it sseum ni da
有啊，我去韓國旅行的時候有看過。

情境會話

A 어떤 음악을 좋아합니까?
eo tteon eu ma geul jjo a ham ni kka
你喜歡什麼音樂？

B 재즈를 좋아합니다.
jae jeu reul jjo a ham ni da
我喜歡爵士樂。

情境會話

A 어디서 사십니까?
eo di seo sa sim ni kka
您住在哪裡？

저는 서울 교외에서 살고 있습니다.
B
jeo neun seo ul gyo oe e seo sal kko it sseum
ni da
我住在首爾郊區。

情境會話

집에서 사무실까지 얼마나 걸립니까?
A
ji be seo sa mu sil kka ji eol ma na geol lim ni
kka
從你家到辦公室要花多久時間？

버스를 타고 가면 30분정도 걸립니다.
B
beo seu reul ta go ga myeon sam sip ppun
jeong do geol lim ni da
搭公車去大概要花半小時。

멀지 않은 편이에요.
A
meol ji a neun pyeo ni e yo
不算遠。

情境會話

회사 일이 너무 힘들어요. 정말 쉬고 싶어요.
A
hoe sa i ri neo mu him deu reo yo jeong mal
sswi go si peo yo
公司的工作好累，真的好想休息。

저도요. 여행이라도 가고 싶어요.
B
jeo do yo yeo haeng i ra do ga go si peo yo
我也是，去旅行也好。

實用例句

연구 결과는 어떻습니까?

195

yeon gu gyeol gwa neun eo tteo sseum ni kka
研究結果如何？

당신은 어디서 태어났습니까?
dang si neun eo di seo tae eo nat sseum ni kka
你在哪出生？

저는 미술 작품을 좋아해서 자주 전시회를 보러
갑니다.
jeo neun mi sul jak pu meul jjo a hae seo ja ju jeon
si hoe reul ppo reo gam ni da
因為我很喜歡美術作品，所以經常去看展覽。

어떤 연극을 좋아하세요?
eo tteon yeon geu geul jjo a ha se yo
你喜歡哪種戲劇？

차로 여행 다니는 것을 좋아해요.
cha ro yeo haeng da ni neun geo seul jjo a hae yo
我喜歡開車到處去旅行。

요즘 바이올린을 배우고 싶어요.
yo jeum ba i ol li neul ppae u go si peo yo
我最近想學小提琴。

쇼핑하는 것 좋아해요?
syo ping ha neun geot jo a hae yo
你喜歡購物嗎？

스키장에 가 본 적이 있으십니까?
seu ki jang e ga bon jeo gi i sseu sim ni kka
你去過滑雪場嗎？

화제를 바꾸지 마세요.

hwa je reul ppa kku ji ma se yo

不要換話題。

어떤 일에 종사하십니까?

eo tteon i re jong sa ha sim ni kka

你從事什麼工作？

경복궁과 창덕궁도 유명하더군요.

gyeong bok kkung gwa chang deok kkung do yu myeong ha deo gu nyo

聽說景福宮和昌德宮也很有名。

취미
興趣

情境會話

A 요리 하는 거 좋아하세요?
yo ri ha neun geo jo a ha se yo
你喜歡做料理嗎?

B 저는 요리 거의 못합니다.
jeo neun yo ri geo ui mo tam ni da
我幾乎不會做菜。

情境會話

A 여가 시간에 뭐 하세요?
yeo ga si ga ne mwo ha se yo
你休閒時間會做什麼?

B 보통 가족과 함께 등산을 가요.
bo tong ga jok kkwa ham kke deung sa neul kka yo
通常會和家人一起去登山。

情境會話

A 취미가 뭐예요?
chwi mi ga mwo ye yo
你的興趣是什麼?

제 취미는 소설 읽기예요.
je chwi mi neun so seol il kki ye yo
我的興趣是看小說。

情境會話

주식에 관심이 있으세요?
ju si ge gwan si mi i sseu se yo
你對股票有興趣嗎？

저는 주식보다 부동산에 대한 관심이 더 많아요.
jeo neun ju sik ppo da bu dong sa ne dae han
gwan si mi deo ma na yo
比起股票，我對房地產更有興趣。

實用例句

바다에서 낚시하는 것을 좋아하십니까?
ba da e seo nak ssi ha neun geo seul jjo a ha sim
ni kka
您喜歡去海邊釣魚嗎？

요즘 뭐에 관심이 있어요?
yo jeum mwo e gwan si mi i sseo yo
最近你對什麼感興趣？

뭘 좋아하세요?
mwol jo a ha se yo
你喜歡什麼？

제 취미는 드라이브입니다.
je chwi mi neun deu ra i beu im ni da
我的興趣是開車兜風。

내 취미는 요리를 하는 것이에요.
nae chwi mi neun yo ri reul ha neun geo si e yo
我的興趣是做菜。

제 취미는 노래 부르기예요.
je chwi mi neun no rae bu reu gi ye yo
我的興趣是唱歌。

저는 정치에 관심이 많아요.
jeo neun jeong chi e gwan si mi ma na yo
我對政治很感興趣。

스포츠
體育運動

情境會話

A 이번 주말에 시간 있으면 테니스 한 번
칠까요?
i beon ju ma re si gan i sseu myeon te ni seu
han beon chil kka yo
這個週末你有時間的話，要不要一起打網球？

B 좋죠. 그럼 일요일에 이 공원에서 만납시다.
jo chyo geu reom i ryo i re i gong wo ne seo
man nap ssi da
好啊，那我們星期日在這個公園碰面吧！

情境會話

A 미국에서 가장 인기 있는 스포츠는 뭐예요?
mi gu ge seo ga jang in gi in neun seu po cheu
neun mwo ye yo
美國最受歡迎的體育運動是什麼？

B 당연히 야구예요.
dang yeon hi ya gu ye yo
當然是棒球囉！

情境會話

A 골프를 쳐 본 적이 있으세요?

gol peu reul cheo bon jeo gi i sseu se yo

你打過高爾夫嗎?

B 아니요. 쳐 본 적이 없어요.

a ni yo cheo bon jeo gi eop sseo yo

不，我沒打過。

實用例句

준영 씨는 무슨 운동을 좋아하십니까?

ju nyeong ssi neun mu seun un dong eul jjo a ha sim ni kka

俊英你喜歡什麼運動?

어제 선배와 같이 탁구를 쳤어요.

eo je seon bae wa ga chi tak kku reul cheo sseo yo

昨天和前輩一起打了桌球。

저는 일주일에 한 두 번 수영을 합니다.

jeo neun il ju i re han du beon su yeong eul ham ni da

我一週會去游泳一兩次。

난 예전에 야구 선수였어요.

nan ye jeo ne ya gu seon su yeo sseo yo

我以前是棒球選手。

농구를 잘 하십니까?

nong gu reul jjal ha sim ni kka

你籃球打得好嗎?

어느 팀을 응원합니까?
eo neu ti meul eung won ham ni kka
你支持哪一隊？

나는 TV로 야구 중계 보는 걸 좋아해요.
na neun tv ro ya gu jung gye bo neun geol jo a
hae yo
我喜歡電視的棒球轉播。

평소에 어떤 운동을 하십니까?
pyeong so e eo tteon un dong eul ha sim ni kka
你平時會做什麼運動？

보통 시간이 있으면 수영장에 갑니다.
bo tong si ga ni i sseu myeon su yeong jang e
gam ni da
通常有時間的話，我會去游泳池。

당구를 잘 치지 못합니다.
dang gu reul jjal chi jji mo tam ni da
我不太會打撞球。

영화
電影

情境會話

A 퇴근 후에 같이 영화 보러 갈까요?
toe geun hu e ga chi yeong hwa bo reo gal kka yo
下班後一起去看電影，好嗎？

B 좋아요. 혹시 보고 싶은 영화 있어요?
jo a yo hok ssi bo go si peun yeong hwa i sseo yo
好啊，你有想看的電影嗎？

A 요즘 영화관에서 상영하고 있는 공포 영화는 꽤 인기가 있더라고요.
yo jeum yeong hwa gwa ne seo sang yeong ha go in neun gong po yeong hwa neun kkwae in gi ga it tteo ra go yo
最近電影院上映的恐怖電影滿轟動的。

B 정말요? 나도 공포 영화를 좋아해요. 그럼 그걸 봅시다.
jeong ma ryo na do gong po yeong hwa reul jjo a hae yo geu reom geu geol bop ssi da
真的嗎？我也喜歡看恐怖電影，那我們看那個吧。

情境會話

한국 배우 중 누구를 가장 좋아합니까?

han guk bae u jung nu gu reul kka jang jo a
ham ni kka

韓國演員中你最喜歡誰？

여배우 중에는 최지우를 가장 좋아하고 남배우
중에는 송승헌을 가장 좋아합니다.

yeo bae u jung e neun choe ji u reul kka jang
jo a ha go nam bae u jung e neun song seung
heo neul kka jang jo a ham ni da

**女演員中我最喜歡崔智友，男演員中我最喜歡
宋承憲。**

實用例句

그 영화 내용은 어땠어요?

geu yeong hwa nae yong eun eo ttae sseo yo

那部電影的內容怎麼樣？

요즘 영화관에서 상영하고 있는 영화 뭐가 있나요?

yo jeum yeong hwa gwa ne seo sang yeong ha go
in neun yeong hwa mwo ga in na yo

最近電影院在上映的電影有什麼？

요즘 서울 극장에서 하는 영화는 어떤 것들이 있나
요?

yo jeum seo ul geuk jjang e seo ha neun yeong
hwa neun eo tteon geot tteu ri in na yo

最近首爾劇院上映的電影有哪些？

요즘 영화 <미녀는 괴로워>가 그렇게 인기라면서
요?

yo yo jeum yeong hwa mi nyeo neun goe ro wo ga

geu reo ke in gi ra myeon seo yo
聽說最近的電影《美女的煩惱》滿受歡迎的。

그 배우의 연기는 최고입니다.
geu bae u ui yeon gi neun choe go im ni da
那個演員的演技很棒。

영화 자주 보러 가세요?
yeong hwa ja ju bo reo ga se yo
你常去看電影嗎？

어떤 종류의 영화를 좋아하나요?
eo tteon jong nyu ui yeong hwa reul jjo a ha na yo
你喜歡看哪種電影？

미국 영화를 좋아하나요?
mi guk yeong hwa reul jjo a ha na yo
你喜歡看美國電影嗎？

성격
性格

128

情境會話

A 저 남자 성격이 어떻다고 생각해요?
jeo nam ja seong gyeo gi eo tteo ta go saeng
ga kae yo
你覺得那男生的個性怎麼樣？

B 아주 쿨해요.
a ju kul hae yo
很酷。

情境會話

A 최 경리님은 어떤 사람이에요?
choe gyeong ni ni meun eo tteon sa ra mi e yo
崔經理是怎麼樣的人？

B 아주 좋은 상사이지만 말이 좀 많아요.
a ju jo eun sang sa i ji man ma ri jom ma na yo
雖然他是很不錯的上司，但是話有點多。

情境會話

A 네 여자 친구는 성격이 어때?
ne yeo ja chin gu neun seong gyeo gi eo ttae
你的女朋友的個性怎麼樣？

B 그녀는 수줍고 매우 조용한 사람이야.
geu nyeo neun su jup kko mae u jo yong han sa ra mi ya
她是既害羞又很安靜的人。

情境會話

A 나는 흥기 씨가 싫어요. 항상 이유없이 화를 내잖아요
na neun hong gi ssi ga si reo yo hang sang i yu eop ssi hwa reul nae ja na yo
我討厭弘基，他經常動不動就發火。

B 정말? 그는 그런 사람 아니야.
jeong mal geu neun geu reon sa ram a ni ya
真的嗎？他不是那種人啊！

實用例句

그 사람 성격이 어때요?
geu sa ram seong gyeo gi eo ttae yo
那個人的個性怎麼樣？

그녀는 예쁘고 착해요.
geu nyeo neun ye ppeu go cha kae yo
她長得漂亮又很善良。

그는 친절해요.
geu neun chin jeol hae yo
他很親切。

내 여동생은 내성적이에요.
nae yeo dong saeng eun nae seong jeo gi e yo

我妹妹很內向。

그 남자 아이는 아주 활발해요.
geu nam ja a i neun a ju hwal bal hae yo
那小男孩很活潑。

그는 게을러요.
geu neun ge eul leo yo
他很懶惰。

그는 유머감각이 없습니다.
geu neun yu meo gam ga gi eop sseum ni da
他不懂幽默。

외모
外貌

情境會話

A
효리 씨는 아버지를 닮았습니까, 어머니를 닮았습니까?
hyo ri ssi neun a beo ji reul ttal mat sseum ni kka eo meo ni reul ttal mat sseum ni kka
孝利你長得像爸爸，還是媽媽？

B
저는 어머니를 닮았어요.
jeo neun eo meo ni reul ttal ma sseo yo
我像媽媽。

情境會話

A
키가 얼마예요?
ki ga eol ma ye yo
你身高多高？

B
백칠십 센티미터입니다.
baek chil sip sen ti mi teo im ni da
我身高一百七。

實用例句

나는 얼굴이 좀 둥근 편이에요.
na neun eol gu ri jom dung geun pyeo ni e yo
我的臉算有點圓。

그녀는 아주 매력적입니다.
geu nyeo neun a ju mae ryeok jjeo gim ni da
她很有魅力。

저 남자는 키가 크고 마른 편이에요.
jeo nam ja neun ki ga keu go ma reun pyeo ni e yo
那個男生算是又高又瘦的了。

요즘 당신 살이 좀 찐 것 같아요.
yo jeum dang sin sa ri jom jjin geot ga ta yo
你最近好像變胖了。

당신 체격이 좋네요.
dang sin che gyeo gi jon ne yo
你的體格不錯耶！

난 예쁘고 날씬한 여성이 좋아요.
nan ye ppeu go nal ssin han yeo seong i jo a yo
我喜歡漂亮又苗條的女性。

隨身筆記
NOTE BOOK

第三章

基本動詞

기본 동사

가다
去／前往

羅馬拼音 ga da
中文發音 卡答
動詞變化 가요, 갔어요, 갈 거예요, 갑니다

例　句

친구 만나러 가요.
chin gu man na reo ga yo
去見朋友。

─────────────────────

그는 헬스클럽에 갔어요.
geu neun hel seu keul leo be ga sseo yo
他去了健身房。

─────────────────────

이번 주말에 바닷가에 갈 거예요.
i beon ju ma re ba dat kka e gal kkeo ye yo
我這個週末要去海邊。

─────────────────────

당신 집에 가려면 어떻게 갑니까?
dang sin ji be ga ryeo myeon eo tteo ke gam ni kka
去你家要怎麼去？

오다
來／回

羅馬拼音 o da
中文發音 喔答
動詞變化 와요, 왔어요, 올 거예요, 옵니다

例 句

태연 씨, 이리 와요.
tae yeon ssi i ri wa yo
泰妍，你過來這裡。

저를 따라 오세요.
jeo reul tta ra o se yo
請跟我來。

친구를 만나러 왔어요.
chin gu reul man na reo wa sseo yo
我是來見朋友的。

내일 혼자 올 거예요?
nae il hon ja ol geo ye yo
你明天一個人來嗎？

보다
看／探視

羅馬拼音 bo da
中文發音 波答
動詞變化 봐요, 봤어요, 볼 거예요, 봅니다

| 例 句 |

여길 좀 보세요.
yeo gil jom bo se yo
請看這裡。

나는 어젯밤 이 소설을 봤어요.
na neun eo jet ppam i so seo reul ppwa sseo yo
我昨天晚上看了這本小說。

실례했습니다. 사람을 잘못 봤습니다.
sil lye haet sseum ni da sa ra meul jjal mot bwat
sseum ni da
不好意思，我認錯人了。

그때 나는 드라마를 보고 있었어요.
geu ttae na neun deu ra ma reul ppo go i sseo
sseo yo
那時，我在看連續劇。

말하다
說／述說

羅馬拼音 mal ha tta
中文發音 媽拉答
動詞變化 말해요, 말했어요, 말할 거예요, 말합니다

例 句

선생님께 사실대로 말해요.
seon saeng nim kke sa sil dae ro mal hae yo
你和老師說實話吧。

왜 저한테 말해요?
wae jeo han te mal hae yo
為什麼和我說呢？

그 분이 당신에게 그렇게 말했어요?
geu bu ni dang si ne ge geu reo ke mal hae sseo
yo
他那樣跟你說嗎？

이건 말할 수 없어요.
i geon mal hal ssu eop sseo yo
這個不能說。

듣다
聽見

羅馬拼音 deut tta
中文發音 特答
動詞變化 들어요, 들었어요, 들을 거예요, 듣습니다

例　句

여러분의 의견을 듣습니다.
yeo reo bu nui ui gyeo neul tteut sseum ni da
我會聽取各位的意見。

무슨 음악을 즐겨 듣나요?
mu seun eu ma geul jjeul kkyeo deun na yo
你喜歡聽什麼音樂？

그 얘기 들었어요?
geu yae gi deu reo sseo yo
那件事你聽說了嗎？

음악을 들으면 기분이 좋아져요.
eu ma geul tteu reu myeon gi bu ni jo a jeo yo
聽音樂心情會變好。

먹다
吃

羅馬拼音 meok tta
中文發音 未答
動詞變化 먹어요, 먹었어요, 먹을 거예요, 먹습니다

例 句

저는 이미 먹었어요.
jeo neun i mi meo geo sseo yo
我已經吃過了。

오늘 친구 집에서 먹은 케이크는 참 맛있어요.
o neul chin gu ji be seo meo geun ke i keu neun
cham ma si sseo yo
今天在朋友家裡吃的蛋糕真好吃。

나는 무엇이든지 잘 먹어요.
na neun mu eo si deun ji jal meo geo yo
我什麼都很會吃。

정말 치킨이랑 자장면 먹고 싶어요.
jeong mal chi ki ni rang ja jang myeon meok kko si
peo yo
真的好想吃炸雞和炸醬麵。

마시다
喝

羅馬拼音 ma si da
中文發音 媽吸答
動詞變化 마셔요, 마셨어요, 마실 거예요, 마십니다

例　句

난 술을 못 마셔요.
nan su reul mot ma syeo yo
我不會喝酒。

저는 커피를 거의 안 마셔요.
jeo neun keo pi reul kkeo ui an ma syeo yo
我幾乎不喝咖啡。

이 집 막걸리 마셔 봤어요?
i jip mak kkeol li ma syeo bwa sseo yo
你喝過這家店的米酒嗎？

뭐 마실래요?
mwo ma sil lae yo
你要喝什麼？

읽다
讀／念／閱讀

羅馬拼音	ik tta
中文發音	衣答
動詞變化	읽어요, 읽었어요, 읽을 거예요, 읽습니다

例 句

여러분은 어떤 책을 읽습니까?
yeo reo bu neun eo tteon chae geul ik sseum ni
kka
大家都讀什麼書呢？

이걸 어떻게 읽습니까?
i geol eo tteo ke ik sseum ni kka
這個要怎麼念？

신문을 다 읽으시면 빌려 주시겠습니까?
sin mu neul tta il geu si myeon bil lyeo ju si get
sseum ni kka
你報紙看完的話，可以借我看嗎？

이 책들을 다 읽었어요?
i chaek tteu reul tta il geo sseo yo
這些書你都看完了嗎？

221

쓰다
寫／戴／使用

羅馬拼音 sseu da
中文發音 撕答
動詞變化 써요, 썼어요, 쓸 거예요, 씁니다

> **例　句**

언니, 편지 쓰고 있어요?
eon ni pyeon ji sseu go i sseo yo
姊，你在寫信嗎？

이 작문은 영어로 쓰세요.
i jang mu neun yeong eo ro sseu se yo
這篇作文請用英文寫。

왜 그는 맨날 모자를 쓰나요?
wae geu neun maen nal mo ja reul sseu na yo
他為什麼每天都戴帽子？

전화를 좀 써도 될까요?
jeon hwa reul jjom sseo do doel kka yo
可以借用一下你的電話嗎？

묻다
問／詢問

羅馬拼音 mut tta

中文發音 木答

動詞變化 물어요, 물었어요, 물을 거예요, 묻습니다

例　句

더 이상 묻지 마세요.
deo i sang mut jji ma se yo
別再問了。

사장님, 뭐 하나 물어도 돼요?
sa jang nim mwo ha na mu reo do dwae yo
社長，我可以問個問題嗎？

묻고 싶은 게 있어요.
mut kko si peun ge i sseo yo
我有事情想問你。

다른 사람에게 물어 보세요.
da reun sa ra me ge mu reo bo se yo
你問問看其他人吧。

울다
哭

羅馬拼音 ul da
中文發音 烏兒答
動詞變化 울어요, 울었어요, 울 거예요, 웁니다

例 句

나는 오늘 학교에서 울었어요.
na neun o neul hak kkyo e seo u reo sseo yo
我今天在學校哭了。

너 지금 왜 울어?
neo ji geum wae u reo
你現在為什麼哭?

지연 씨, 울지 마세요.
ji yeon ssi ul ji ma se yo
智妍,你別哭了。

저 지금 너무 슬퍼서 울고 있어요.
jeo ji geum neo mu seul peo sseo ul go i sseo yo
我現在太傷心,所以在哭。

웃다
笑／嘲笑

羅馬拼音 ut tta
中文發音 烏答
動詞變化 웃어요, 웃었어요, 웃을 거예요, 웃습니다

例　句

웃지 마세요. 나는 너무 아파요.
ut jji ma se yo na neun neo mu a pa yo
別笑，我很痛耶！

마음껏 웃어 주세요.
ma eum kkeot u seo ju se yo
盡情地笑吧。

여보, 한 번 웃어봐요.
yeo bo han beon u seo bwa yo
老婆，笑一個嘛！

이거 왜 이렇게 웃겨요!
i geo wae i reo ke ut kkyeo yo
這個為什麼這麼好笑！

입다
穿

羅馬拼音 ip tta
中文發音 衣不答
動詞變化 입어요, 입었어요, 입을 거예요, 입습니다

例　句

갑자기 쌀쌀해져서 외투를 입었어요.
gap jja gi ssal ssal hae jjeo seo oe tu reul i beo
sseo yo
因為突然變冷了，所以穿上了外套。

그는 청바지로 갈아 입었습니다.
geu neun cheong ba ji ro ga ra i beot sseum ni da
他換穿牛仔褲了。

이 옷 좀 입어 봐도 돼요?
i ot jom i beo bwa do dwae yo
我可以試穿這件衣服嗎？

저기 빨간 색 치마를 입은 여자는 누구입니까?
jeo gi ppal kkan saek chi ma reul i beun yeo ja
neun nu gu im ni kka
那裡穿紅色裙子的女生是誰？

벗다
脫／摘

羅馬拼音 beot tta
中文發音 波答
動詞變化 벗어요, 벗었어요, 벗을 거예요, 벗습니다

例　句

선글라스를 벗으세요.
seon geul la seu reul ppeo seu se yo
請拿下你的墨鏡。

대부분의 아이는 옷을 벗고 목욕하는 것을 싫어해요.
dae bu bu nui a i neun o seul ppeot kko mo gyo ka neun geo seul ssi reo hae yo
大部分的小孩討厭脫衣服洗澡。

젖은 옷을 벗고 깨끗한 옷으로 갈아입어요.
jeo jeun o seul ppeot kko kkae kkeu tan o seu ro ga ra i beo yo
脫掉濕的衣服，換穿上乾淨的衣服。

내 방에 들어가기 전에 신발을 벗으세요.
nae bang e deu reo ga gi jeo ne sin ba reul ppeo seu se yo
進我房間之前，請先拖鞋。

서다
站／站立

羅馬拼音 seo da
中文發音 搜答
動詞變化 서요, 섰어요, 설 거예요, 섭니다

例　句

여기서 서 있지 마세요.
yeo gi seo seo it jji ma se yo
請你別站在這裡。

대화를 잘 하기 위해서는 상대방의 입장에 서야한
다.
dae hwa reul jjal ha gi wi hae seo neun sang dae
bang ui ip jjang e seo ya han da
為了做良好的溝通，必須站在對方的立場著想。

너는 왜 거기 서 있니?
neo neun wae geo gi seo in ni
你為什麼站在那裡？

줄을 서다.
ju reul sseo da
排隊。

앉다
坐

羅馬拼音 an da
中文發音 安答
動詞變化 앉아요, 앉았어요, 앉을 거예요, 앉습니다

| 例 句 |

여기 앉으세요.
yeo gi an jeu se yo
請坐這裡。

여기에 앉아서 기다리세요.
yeo gi e an ja seo gi da ri se yo.
請您坐在這裡等候。

앉고 싶으면 의자에 앉으세요.
an go si peu myeon ui ja e an jeu se yo
如果你想坐下來，就坐椅子上吧。

저는 창가쪽 좌석으로 앉고 싶습니다.
jeo neun chang ga jjok jwa seo geu ro an go sip
sseum ni da
我想坐在靠窗的位子上。

타다
乘／搭

羅馬拼音 ta da
中文發音 他答
動詞變化 타요, 탔어요, 탈 거예요, 탑니다

例句

몇 번 버스 타고 왔어요?
myeot beon beo seu ta go wa sseo yo
你搭幾號公車來的？

학교까지 뭘 타고 왔어요?
hak kkyo kka ji mwol ta go wa sseo yo
你搭什麼來學校的？

2번 플랫폼에서 기차를 타세요.
i beon peul laet po me seo gi cha reul ta se yo
請在2號月台搭火車。

서울역에서 차를 바꿔 타세요.
seo ul lyeo ge seo cha reul ppa kkwo ta se yo
請在首爾站換車。

사다
買／購買

羅馬拼音 sa da
中文發音 殺答
動詞變化 사요, 샀어요, 살 거예요, 삽니다

例　　句

오늘 뭘 샀어요?
o neul mwol sa sseo yo
你今天買了什麼？

밥 한 번 살게요.
bap han beon sal kke yo
我請你吃飯。

저는 예쁜 원피스를 사려고 합니다.
jeo neun ye ppeun won pi seu reul ssa ryeo go
ham ni da
我想買漂亮的洋裝。

이것 품질이 좋지 않아요, 사지 마세요.
i geot pum ji ri jo chi a na yo, sa ji ma se yo
這個品質不好，不要買。

팔다
賣

羅馬拼音	pal tta
中文發音	趴兒答
動詞變化	팔아요, 팔았어요, 팔 거예요, 팝니다

例　句

양말은 어디에서 팝니까?
yang ma reun eo di e seo pam ni kka
襪子哪裡有在賣？

안 보시는 책 있으면 저한테 파세요.
an bo si neun chaek i sseu myeon jeo han te pa
se yo
如果你有不看的書，就賣給我吧。

저한테 반값에 파세요!
jeo han te ban gap sse pa se yo
半價賣給我吧！

우리 어머니는 시장에서 야채를 파십니다.
u ri eo meo ni neun si jang e seo ya chae reul pa
sim ni da
我媽媽在市場裡賣菜。

주다
給／給予

羅馬拼音 ju da
中文發音 組答
動詞變化 줘요, 줬어요, 줄 거예요, 줍니다

例　句

돈은 나중에 줄게요.
do neun na jung e jul ge yo
錢以後再給你。

이것은 당신에게 줄 선물입니다.
i geo seun dang si ne ge jul seon mu rim ni da
這是要給你的禮物。

표 두 장 더 주세요.
pyo du jang deo ju se yo
票再給我兩張。

우리도 도움 줄 수 있어요.
u ri do do um jul su i sseo yo
我們也可以給予幫助。

받다
得到／收到

羅馬拼音 bat tta
中文發音 怕答
動詞變化 받아요, 받았어요, 받을 거예요, 받습니다

例　句

나는 수학에서 좋은 점수를 받았어요.
na neun su ha ge seo jo eun jeom su reul ppa da
sseo yo
我數學得到了不錯的分數。

어제 많은 생일 선물을 받았습니다.
eo je ma neun saeng il seon mu reul ppa dat
sseum ni da
昨天收到了很多生日禮物。

고맙습니다. 거스름돈 받으세요.
go map sseum ni da geo seu reum don ba deu se
yo
謝謝，請收下找零。

장학금을 꼭 받을 거예요.
jang hak kkeu meul kkok ba deul kkeo ye yo
我一定要拿到獎學金。

걷다
行走／走路

羅馬拼音 geot tta
中文發音 口答
動詞變化 걸어요, 걸었어요, 걸을 거예요, 걷습니다

例　句

천천히 걸으세요.
cheon cheon hi geo reu se yo
請你慢慢走。

걸어서 갈 수 있어요?
geo reo seo gal ssu i sseo yo
可以用走的過去嗎？

회사까지 걸어서 10분 걸립니다.
hoe sa kka ji geo reo seo sip ppun geol lim ni da
走路到公司要花十分鐘。

왜 그렇게 빨리 걸으세요?
wae geu reo ke ppal li geo reu se yo
你為什麼走那麼快呢？

가르치다
教／指導

羅馬拼音 ga reu chi da
中文發音 卡了七答
動詞變化 가르쳐요, 가르쳤어요, 가르칠 거예요,
가르칩니다

例　句

한국 민속촌으로 가는 길 좀 가르쳐 주세요.
han guk min sok cho neu ro ga neun gil jom ga
reu cheo ju se yo
請告訴我韓國民俗村該怎麼走。

전화번호 가르쳐 줄 수 있습니까?
jeon hwa beon ho ga reu cheo jul su it sseum ni
kka
可以告訴我你的電話號碼嗎？

제 친구가 나에게 춤을 가르쳐줬어요.
je chin gu ga na e ge chu meul kka reu cheo jwo
sseo yo
我朋友有教我跳舞。

김 선생님은 중학교에서 영어를 가르치십니다.
gim seon saeng ni meun jung hak kkyo e seo
yeong eo reul kka reu chi sim ni da
金老師在國中教英文。

배우다
學習

羅馬拼音	bae u da
中文發音	陪烏答
動詞變化	배워요, 배웠어요, 배울 거예요, 배웁니다

例 句

저는 열심히 한국어를 배우고 있어요.
jeo neun yeol sim hi han gu geo reul ppae u go i
sseo yo
我正認真地學韓語。

배우고 싶은게 너무 많아요.
bae u go si peun ge neo mu ma na yo
我想學的東西很多。

그 춤 어디서 배웠어요?
geu chum eo di seo bae wo sseo yo
那個舞你在哪裡學的?

저는 악기를 배우려고 합니다.
jeo neun ak kki reul ppae u ryeo go ham ni da
我想學樂器。

빌리다
借／借給

羅馬拼音 bil li da
中文發音 匹兒里答
動詞變化 빌려요, 빌렸어요, 빌릴 거예요, 빌립니다

例 句

돈 좀 빌려주세요.
don jom bil lyeo ju se yo
請借我點錢。

어디서 차를 빌릴 수 있어요?
eo di seo cha reul ppil lil su i sseo yo
哪裡可以租車呢？

사전 좀 빌려도 돼요?
sa jeon jom bil lyeo do dwae yo
可以借我字典嗎？

이 책은 도서관에서 빌린 거예요.
i chae geun do seo gwa ne seo bil lin geo ye yo
這本書是在圖書館借的。

돌려주다
歸還

羅馬拼音 dol lyeo ju da
中文發音 投兒溜組答
動詞變化 돌려줘요, 돌려줬어요, 돌려줄 거예요,
돌려줍니다

例　句

이미 친구에게 돈을 돌려주었어요.
i mi chin gu e ge do neul ttol lyeo ju eo sseo yo
已經把錢還給朋友了。

제 지갑을 돌려주세요.
je ji ga beul ttol lyeo ju se yo
請把我的錢包還給我。

이것을 저대신 그에게 돌려줄 수 있어요?
i geo seul jjeo dae sin geu e ge dol lyeo jul su i
sseo yo
可以幫我把這個還給他嗎？

내일까지 반드시 돌려줄 것입니다
nae il kka ji ban deu si dol lyeo jul geo sim ni da
明天一定會歸還。

얻다
得到／取得

羅馬拼音 eot tta
中文發音 喔答
動詞變化 얻어요, 얻었어요, 얻을 거예요, 얻습니다

例 句

드디어 승리를 얻었어요.
deu di eo seung ni reul eo deo sseo yo
終於取得了勝利。

좋은 결과를 얻었으면 좋겠다.
jo eun gyeol gwa reul eo deo sseu myeon jo ket tta.
希望能有不錯的結果。

여기에서 많은 정보들은 얻을 수 있어요.
yeo gi e seo ma neun jeong bo deu reun eo deul ssu i sseo yo
這裡可以取得很多情報。

지식을 얻기 위해서 가장 좋은 방법은 바로 독서입니다.
ji si geul eot kki wi hae seo ga jang jo eun bang beo beun ba ro dok sseo im ni da
取得知識最好的方法就是讀書。

잃다
失去／丟失

羅馬拼音 il ta
中文發音 衣兒答
動詞變化 잃어요, 잃었어요, 잃을 거예요, 잃습니다

例 句

난 길을 잃었어요.
nan gi reul i reo sseo yo
我迷路了。

저는 모든 희망을 잃었어요.
jeo neun mo deun hi mang eul i reo sseo yo
我失去了所有的希望。

제 아이를 잃어버렸어요.
je a i reul i reo beo ryeo sseo yo
我把小孩弄丟了。

가방은 어디서 잃어버린 거예요?
ga bang eun eo di seo i reo beo rin geo ye yo
包包是在哪裡弄丟的？

나가다
出去

羅馬拼音 na ga da
中文發音 那卡答
動詞變化 나가요, 나갔어요, 나갈 거예요, 나갑니다

例　句

1번 출구로 나가세요.
il beon chul gu ro na ga se yo
請由1號出口出去。

미안합니다만, 선생님은 방금 나가셨는데요.
mi an ham ni da man seon saeng ni meun bang
geum na ga syeon neun de yo
對不起，老師剛才出去了。

나가기 전에 화장실 좀 들러야겠네요.
na ga gi jeo ne hwa jang sil jom deul leo ya gen ne
yo
出門前得去趟廁所才行。

제발 좀 나가 주세요.
je bal jjom na ga ju se yo
拜託你出去。

도착하다
抵達／到達

羅馬拼音	do cha ka da
中文發音	投擦卡答
動詞變化	도착해요, 도착했어요, 도착할 거예요, 도착합니다

例　句

저 방금 집 도착했어요.
jeo bang geum jip do cha kae sseo yo
我剛到家。

제 시간에 도착할 수 있을까요?
je si ga ne do cha kal ssu i sseul kka yo
你可以準時抵達嗎？

너무 일찍 도착해서 두 시간을 기다려야 합니다.
neo mu il jjik do cha kae seo du si ga neul kki da
ryeo ya ham ni da
因為太早到了，得等兩個小時。

너 언제 여기에 도착했어?
neo eon je yeo gi e do cha kae sseo
你是什麼時候到這裡的？

열다
打開／召開

羅馬拼音 yeol da
中文發音 油兒答
動詞變化 열어요, 열었어요, 열 거예요, 엽니다

例　句

오늘 백화점 문 안 열어요?
o neul ppae kwa jeom mun an yeo reo yo
今天百貨公司不開門嗎？

어제 집에서 생일 파티를 열었어요.
eo je ji be seo saeng il pa ti reul yeo reo sseo yo
昨天在家裡舉辦了生日Party。

문 좀 열어 주세요.
mun jom yeo reo ju se yo.
請幫我開門。

압축 파일을 다운 받았는데 열 수가 없어요.
ap chuk pa i reul tta un ba dan neun de yeol su ga
eop sseo yo
下載了壓縮檔，但卻打不開。

닫다
關／閉

羅馬拼音 dat tta
中文發音 他答
動詞變化 닫아요, 닫았어요, 닫을 거예요, 닫습니다

例　句

나갈때 문 좀 닫아주세요.
na gal ttae mun jom da da ju se yo
出去時，請把門關上。

우리 회사가 문을 닫았어요.
u ri hoe sa ga mu neul tta da sseo yo
我們公司倒了。

이 박물관은 언제 닫나요?
i bang mul gwa neun eon je dan na yo
這間博物館什麼時候關門？

그 화장실 문이 고장나서 닫을 수가 없어요.
geu hwa jang sil mu ni go jang na seo da deul ssu
ga eop sseo yo
那間廁所門壞掉了，關不起來。

돌아가다
歸／回去

羅馬拼音 do ra ga da
中文發音 投拉卡答
動詞變化 돌아가요, 돌아갔어요, 돌아갈 거예요,
돌아갑니다

例　句

우린 집으로 돌아갑시다.
u rin ji beu ro do ra gap ssi da
我們回家吧！

어서 회사로 돌아가세요!
eo seo hoe sa ro do ra ga se yo
你快點回公司吧！

10년 전으로 돌아갈 수는 없습니다
sim nyeon jeo neu ro do ra gal ssu neun eop
sseum ni da
無法回到十年以前的日子。

한국에 빨리 돌아갔으면 좋겠어요.
han gu ge ppal li do ra ga sseu myeon jo ke sseo
yo.
希望能快點回到韓國。

만나다
見面／遇到

163

羅馬拼音 man na da
中文發音 蠻那答
動詞變化 만나요, 만났어요, 만날 거예요, 만납니다

例　　句

지금 여자친구를 만나러 갑니다.
ji geum yeo ja chin gu reul man na reo gam ni da
現在我要去見女朋友。

아침에 편의점에서 동료를 만났어요.
a chi me pyeo nui jeo me seo dong nyo reul man
na sseo yo
早上在便利商店遇到了同事。

우리 내일도 만날 수 있죠?
u ri nae il do man nal ssu it jjyo
我們明天也見得到面吧？

누굴 만났어요?
nu gul man na sseo yo
你和誰見面了？

기다리다
等待／等候

羅馬拼音 gi da ri da
中文發音 可衣笒里笒
動詞變化 기다려요, 기다렸어요, 기다릴 거예요,
기다립니다

例　句

잠깐 기다려 주세요.
jam kkan gi da ryeo ju se yo
請等我一下。

누구를 기다리고 있으십니까?
nu gu reul kki da ri go i sseu sim ni kka
您在等誰呢？

더 좋은 기회를 기다리고 있습니다.
deo jo eun gi hoe reul kki da ri go it sseum ni da
我在等待更好的機會。

어제 친구를 한 시간이나 기다렸어요.
eo je chin gu reul han si ga ni na gi da ryeo sseo
yo
昨天等了朋友一個小時。

부르다
叫／喚

羅馬拼音 bu reu da
中文發音 鋪了答
動詞變化 불러요, 불렀어요, 부를 거예요, 부릅니다

例　句

부장님, 저를 부르셨어요?
bu jang nim jeo reul ppu reu syeo sseo yo
部長，您叫我嗎？

당신을 어떻게 부르면 좋을까요?
dang si neul eo tteo ke bu reu myeon jo eul kka yo
我該如何稱呼您？

와이프의 오빠를 어떻게 불러야 되죠?
wa i peu ui o ppa reul eo tteo ke bul leo ya doe jyo
妻子的哥哥我該怎麼稱呼？

고백할 때 이 노래 꼭 불러주세요.
go bae kal ttae i no rae kkok bul leo ju se yo
告白的時候，一定要唱這首歌。

사용하다
使用

羅馬拼音 sa yong ha da
中文發音 殺庸哈答
動詞變化 사용해요, 사용했어요, 사용할 거예요,
사용합니다

例　句

한 번 사용해 주세요.
han beon sa yong hae ju se yo
請使用看看。

이 쿠폰을 사용해도 됩니까?
i ku po neul ssa yong hae do doem ni kka
我可以使用這張優惠卷嗎？

이 에어컨은 어떻게 사용해야 할지 잘 모르겠어요.
i e eo keo neun eo tteo ke sa yong hae ya hal jji jal
mo reu ge sseo yo
我不知道這台冷氣該怎麼使用。

이 걸 사용할 때 주의해야 할 몇 가지가 있습니다.
i geol sa yong hal ttae ju ui hae ya hal myeot ga ji
ga it sseum ni da
使用這個的時候，有幾點要注意。

살다
居住／活

羅馬拼音	sal tta
中文發音	殺兒答
動詞變化	살아요, 살았어요, 살 거예요, 삽니다

例　句

어디서 살아요?
eo di seo sa ra yo
你住哪裡？

저는 아파트에 삽니다.
jeo neun a pa teu e sam ni da
我住在公寓。

당신이 살고 싶은 집은 어떤 집인가요?
dang si ni sal kko si peun ji beun eo tteon ji bin ga
yo
您想住的房子是哪一種？

그는 아직 살아 있어요.
geu neun a jik sa ra i sseo yo
他還活著。

찾다
尋找／領取

羅馬拼音 chat tta
中文發音 擦答
動詞變化 찾아요, 찾았어요, 찾을 거예요, 찾습니다

例句

빛이 잘 드는 집을 찾고 있어요.
bi chi jal tteu neun ji beul chat kko i sseo yo.
我在找光線充足的房子。

뭘 찾고 있어요?
mwol chat kko i sseo yo
你在找什麼？

세탁물 찾으러 왔는데 다 되었나요?
se tang mul cha jeu reo wan neun de da doe eon na yo
我來拿洗好的衣服，都好了嗎？

잃어버린 핸드폰 찾았어요?
i reo beo rin haen deu pon cha ja sseo yo
你找到弄丟的手機了嗎？

보내다
寄／送／度日

羅馬拼音 bo nae da
中文發音 波內答
動詞變化 보내요, 보냈어요, 보낼 거예요, 보냅니다

例　句

이 소포를 항공편으로 보내 주세요.
i so po reul hang gong pyeo neu ro bo nae ju se
yo
這個包裹請用空運寄出。

이력서를 팩스로 보내 주십시오.
i ryeok sseo reul paek sseu ro bo nae ju sip ssi yo
履歷請用傳真寄過來。

당신이 좋은 크리스마스를 보내길 바라요.
dang si ni jo eun keu ri seu ma seu reul ppo nae
gil ba ra yo
祝你有個美好的聖誕節。

괜찮으시면 이 서류를 사장님께 보내줄 수 있어요?
gwaen cha neu si myeon i seo ryu reul ssa jang
nim kke bo nae jul su i sseo yo
可以的話，你可以幫我把這個文件送交給社長嗎？

놀다
玩

羅馬拼音 nol da
中文發音 樓兒答
動詞變化 놀아요, 놀았어요, 놀 거예요, 놉니다

例　句

혼자 놀아도 재미있어요.
hon ja no ra do jae mi i sseo yo
一個人玩也很有趣。

재미 있는 게임이 있으면 같이 놉시다.
jae mi in neun ge i mi i sseu myeon ga chi nop ssi da
如果有好玩的遊戲，我們一起玩吧！

여기서 놀아도 돼요?
yeo gi seo no ra do dwae yo
可以在這裡玩嗎？

하루종일 놀 수 있는 곳을 추천해 주세요.
ha ru jong il nol su in neun go seul chu cheon hae ju se yo
請推薦可以玩上一整天的地方。

바꾸다
交換／變換

羅馬拼音	ba kku da
中文發音	怕估答
動詞變化	바꿔요, 바꿨어요, 바꿀 거예요, 바꿉니다

例 句

핸드폰을 진동으로 바꿔 주세요.
haen deu po neul jjin dong eu ro ba kkwo ju se yo
請將手機調成震動。

머리 스타일을 바꾸고 싶습니다.
meo ri seu ta i reul ppa kku go sip sseum ni da
我想改變髮型。

이 수표를 현금으로 바꾸고 싶어요.
i su pyo reul hyeon geu meu ro ba kku go si peo yo
我想把這張支票換成現金。

텔레비전이 고장이 나서 방을 바꾸고 싶습니다.
tel le bi jeo ni go jang i na seo bang eul ppa kku go sip sseum ni da
電視壞掉了，我想換房間。

돕다
幫助／救助

羅馬拼音 dop tta
中文發音 投答
動詞變化 도와요, 도왔어요, 도울 거예요, 돕습니다

例　句

저 좀 도와주세요.
jeo jom do wa ju se yo
請幫幫我。

제가 도와 줄게요.
je ga do wa jul ge yo
我來幫助你。

이 약은 백혈병 환자를 도울 수 있습니다.
i ya geun bae kyeol byeong hwan ja reul tto ul su it
sseum ni da
這個藥可以幫助白血病患者。

가난한 사람을 돕고 싶습니다.
ga nan han sa ra meul ttop kko sip sseum ni da
我想幫助貧窮的人。

생각하다
想／思考

羅馬拼音 saeng ga ka da
中文發音 先咖卡答
動詞變化 생각해요, 생각했어요, 생각할 거예요,
생각합니다

例 句

제게 생각할 시간을 주세요.
je ge saeng ga kal ssi ga neul jju se yo
請給我一點思考的時間。

이 일에 대해서 어떻게 생각하세요?
i i re dae hae seo eo tteo ke saeng ga ka se yo
關於這件事情你怎麼想？

여러분 잘 좀 생각해 주세요.
yeo reo bun jal jjom saeng ga kae ju se yo
請各位好好思考。

그는 아주 착한 사람이라고 생각해요.
geu neun a ju cha kan sa ra mi ra go saeng ga
kae yo
我認為他是很善良的人。

일하다
工作／做事

羅馬拼音 il ha da
中文發音 衣拉答
動詞變化 일해요, 일했어요, 일할 거예요, 일합니다

例 句

어디서 일하세요?
eo di seo il ha se yo
你在哪裡工作？

이번 주말에도 일해야 합니다.
i beon ju ma re do il hae ya ham ni da
我這個週末也要工作。

저는 회사에 출근 안하고 집에서 일해요.
jeo neun hoe sa e chul geun an ha go ji be seo il hae yo
我不去公司上班，而是在家工作。

나는 은행에서 일하고 싶어요.
na neun eun haeng e seo il ha go si peo yo
我想在銀行上班。

사랑하다
愛

羅馬拼音 sa rang ha da
中文發音 沙郎哈答
動詞變化 사랑해요, 사랑했어요, 사랑할 거예요,
사랑합니다

例　句

사랑해요.
sa rang hae yo.
我愛你。

난 당신을 사랑하지 않아요.
nan dang si neul ssa rang ha ji a na yo
我不愛你。

우리 사랑해도 되나요?
u ri sa rang hae do doe na yo
我們可以相愛嗎？

사랑해. 나랑 결혼해 줄래?
sa rang hae na rang gyeol hon hae jul lae
我愛你，你願意和我結婚嗎？

아끼다
愛惜／節省

羅馬拼音 a kki da
中文發音 阿可衣答
動詞變化 아껴요, 아꼈어요, 아낄 거예요, 아낍니다

| 例 句 |

이것은 제가 아끼는 인형입니다.
i geo seun je ga a kki neun in hyeong im ni da
這是我很珍惜的娃娃。

돈을 아껴서 쓰십시오.
do neul a kkyeo seo sseu sip ssi o
錢請省著用。

우리는 물을 아껴야 합니다.
u ri neun mu reul a kkyeo ya ham ni da
我們必須省水。

생활비 아끼는 법 좀 알려 주세요.
saeng hwal bi a kki neun beop jom al lyeo ju se yo
請告訴我節省生活費的方法。

들다
提／擧

177

羅馬拼音 deul tta
中文發音 特兒答
動詞變化 들어요, 들었어요, 들 거예요, 듭니다

例　句

질문하실 분은 손을 들어 주세요.
jil mun ha sil bu neun so neul tteu reo ju se yo
想發問的人請舉手。

이런 가방을 들고 다니는 여자들이 아주 많아요.
i reon ga bang eul tteul kko da ni neun yeo ja deu
ri a ju ma na yo
拿這種包包的女生很多。

전화기와 펜을 지금 바로 들어주세요!
jeon hwa gi wa pe neul jji geum ba ro deu reo ju
se yo
請馬上拿起電話和筆吧。

짐을 들어 드릴까요?
ji meul tteu reo deu ril kka yo
要幫您拿行李嗎？

261

자다
睡覺

羅馬拼音 ja da
中文發音 插答
動詞變化 자요, 잤어요, 잘 거예요, 잡니다

例　句

지금 자고 싶어요.
ji geum ja go si peo yo
我現在想睡覺。

이제 잘 시간이에요.
i je jal ssi ga ni e yo
現在是該睡覺的時間了。

잘 자요.
jal jja yo
晚安。

오늘은 자고 싶지 않아요.
o neu reun ja go sip jji a na yo
我今天不想睡覺。

第四章

기본 문형
基本句型

-(ㅂ)습니다
現在式

說　　明

「(ㅂ)습니다」為現在式的格式體尊敬形，主要使用在相當正式的場合上，例如演講、開會、播報新聞、生意場合等。「(ㅂ)습니까?」使用在疑問句上，用來向聽話者提出疑問。

例　　句

지금 선생님을 만나러 갑니다.
ji geum seon saeng ni meul man na reo gam ni da
我現在要去見老師。

여기 와 주셔서 고맙습니다.
yeo gi wa ju syeo seo go map sseum ni da
謝謝您能來這裡。

정말 필요없습니까?
jeong mal pi ryo eop sseum ni kka
真的不需要嗎？

이 제안에 대해서 어떻게 생각합니까?
i je a ne dae hae seo eo tteo ke saeng ga kam ni kka
你對這個提案有什麼想法？

-아/어요
現在式

說　明

「아/어요」為非格式體尊敬形 (普通尊敬法) , 和格式體尊敬形的「(ㅂ)습니다」相比 , 雖然較不正式 , 卻是韓國人日常生活中最常用的尊敬形態。
「아/어요」可以使用在敘述句和疑問句上 , 若使用在疑問句上 , 句尾音調要上揚。

例　句

이따가 회사에 가요.
i tta ga hoe sa e ga yo
我待會要上班。

내일 뭘 할 거예요?
nae il mwol hal kkeo ye yo
你明天要做什麼?

그녀는 간호사예요.
geu nyeo neun gan ho sa ye yo
她是護士。

여기는 참 시끄러워요.
yeo gi neun cham si kkeu reo wo yo
這裡真吵。

-았/었
過去式

說　明

韓文句子的過去式句型，就是將「았/었/였」加在
動詞、形容詞或이다的語幹後方。當語幹的母音是
「ㅏ.ㅗ」時，就接았어요；如果語幹的母音不是「ㅏ.ㅗ」時，就接었어요；如果是하다類的動詞，就
接였어요，兩者結合後會變成했어요。當이다前面
的名詞是以母音結束，就接였어요；當이다前面的
名詞是以子音結束，則接이었어요。

例　句

학교에서 뭘 했어요?
hak kkyo e seo mwol hae sseo yo
你在學校做了什麼事？

아까 콜라를 마셨어요.
a kka kol la reul ma syeo sseo yo
剛才喝了可樂。

동생이 유치원에 갔어요.
dong saeng i yu chi wo ne ga sseo yo
妹妹（弟弟）去幼稚園了。

아침에 빵과 우유를 먹었어요.
a chi me ppang gwa u yu reul meo geo sseo yo
早上吃了麵包和牛奶。

－고 있다
現在進行式

說　明

韓語句子的現在進行式句型為「고 있다」，加在動詞語幹後方，表示某一動作的進行或持續，相當於中文的「正在…」。

例　句

태희 씨는 지금 점심을 먹고 있어요.
tae hi ssi neun ji geum jeom si meul meok kko i sseo yo
泰熙現在在吃午飯。

오빠가 방에서 게임을 하고 있어요.
o ppa ga bang e seo ge i meul ha go i sseo yo
哥哥在房間裡玩遊戲。

아버지는 신문을 읽고 있어요.
a beo ji neun sin mu neul il kko i sseo yo
爸爸在看報紙。

저는 텔레비전을 보고 있어요.
jeo neun tel le bi jeo neul ppo go i sseo yo
我正在看電視。

–(으)ㄹ 거예요
未來式

說　明

「(으)ㄹ 거예요」接在動詞後方，表示未來的計畫或個人意志。當動詞語幹以母音結束或ㄹ結束，就接ㄹ 거예요，若動詞語幹以子音結束，則接을 거예요。

例　句

다음 주에 한국 출장을 갈 거예요.
da eum ju e han guk chul jang eul kkal kkeo ye yo
下星期我要去韓國出差。

저는 다음 달에 이사할 거예요.
jeo neun da eum da re i sa hal kkeo ye yo
我下個月要搬家。

일요일은 집에 있을 거예요.
i ryo i reun ji be i sseul kkeo ye yo
星期日我會在家。

나 그 남자랑 결혼할 거예요.
na geu nam ja rang gyeol hon hal kkeo ye yo
我要和那個男生結婚。

-(으)ㄹ 거예요
推測

說　明

「(으)ㄹ 거예요」也可以表示話者依自己的經驗，對某一事實作出推測，相當於中文的「好像...」。當動詞或形容詞語幹以母音結束或ㄹ結束，就接ㄹ 거예요，若動詞語幹以子音結束，則接을 거예요。

例　句

내일은 눈이 올 거예요.
nae i reun nu ni ol geo ye yo
明天會下雪。

내일 날씨가 추울 거예요.
nae il nal ssi kka chu ul geo ye yo
明天天氣會很冷。

어머님께서 이 선물을 마음에 들어 하실 거예요.
eo meo nim kke seo i seon mu reul ma eu me deu
reo ha sil geo ye yo
媽媽一定會喜歡這個禮物的。

세상에서 이보다 더 아름다운 것은 없을 거예요.
se sang e seo i bo da deo a reum da un geo seun
eop sseul kkeo ye yo
世界上沒有比這個更美的東西了。

－ (으)ㄴ/는/ (으)ㄹ
冠詞形

說　明

連接在動詞、形容詞或이다語幹後面，用來修飾後面出現的名詞，相當於中文的「...的...」。「는」接在動詞現在式，「(으)ㄴ」接在動詞過去式，「(으)ㄹ」接在動詞未來式。動詞現在式「는」可以表示正在進行的動作或經常性。「(은)ㄴ」接在形容詞後面，表示事物的性質或狀態。

例　句

전 오늘은 갈 데가 없어요.
jeon o neu reun gal tte ga eop sseo yo
我今天沒有地方可以去。

지금 햄버거를 먹는 사람이 내 친구예요.
ji geum haem beo geo reul meong neun sa ra mi nae chin gu ye yo
現在在吃漢堡的人是我朋友。

어제 밤에 본 영화는 어땠어요?
eo je ba me bon yeong hwa neun eo ttae sseo yo
你昨天晚上看的電影如何？

이 귀여운 인형을 사고 싶어요.
i gwi yeo un in hyeong eul ssa go si peo yo
我想買這個可愛的娃娃。

－지만
互相對立

說　明

可以接在動詞、形容詞或이다後方，表示前後兩個句子互相對立，相當於中文的「雖然...但是...」。「지만」前方可以接過去式，形成「았/었지만」的形態。

例　句

밥은 좋지만 국수는 싫어요.
ba beun jo chi man guk ssu neun si reo yo
我喜歡吃飯，討厭吃麵。

김치는 맵지만 맛있어요.
gim chi neun maep jji man ma si sseo yo
泡菜很辣，但很好吃。

한국어를 배웠지만 아직 잘 하지 못해요.
han gu geo reul ppae wot jji man a jik jal ha ji mo tae yo
學了韓語，但還不太會講。

친구에게 편지를 보냈지만 답신을 받지 못했어요.
chin gu e ge pyeon ji reul ppo naet jji man dap ssi neul ppat jji mo tae sseo yo
寄信給朋友了，但還沒收到回信。

ー고
並列

說　明

接在動詞後方，用來列舉兩個或兩個以上的動作，表示前面的子句動作，比後面的子句動作更早發生。相當於中文的「先...然後...」。「고」也可以接在形容詞或이다的語幹後方，用來列舉兩個或兩個以上狀態或事實，相當於中文的「...而且...」。

例　句

오늘 영화도 보고 한국요리도 먹었어요.
o neul yeong hwa do bo go han gu gyo ri do meo geo sseo yo
今天看了電影也吃了韓國料理。

언니는 예쁘고 날씬해요.
eon ni neun ye ppeu go nal ssin hae yo
姊姊漂亮又苗條。

이것은 만화책이고 그것은 소설이에요.
i geo seun man hwa chae gi go geu geo seun so seo ri e yo
這是漫畫，那是小說。

손을 씻고 저녁을 먹었다.
so neul ssit kko jeo nyeo geul meo geot tta
洗手然後吃晚飯。

-기 전에
在…之前

| 說 明 |

接在動詞後方，表示做某個動作或行為之前，相當
於中文的「在做...事情之前」。如果要表示某個時
間點之前，可以在時間名詞後方，加上「전에」。

| 例 句 |

텔레비전을 보기 전에 숙제를 하세요!
tel le bi jeo neul ppo gi jeo ne suk jje reul ha se
yo
看電視之前，請先寫作業。

한국에 가기 전에 비행기 표를 예약해요.
han gu ge ga gi jeo ne bi haeng gi pyo reul ye ya
kae yo
去韓國之前先訂機票。

손님이 오기 전에 청소를 해야 해요.
son ni mi o gi jeo ne cheong so reul hae ya hae
yo
在客人來之前，必須先打掃。

전 2년전에 그 회사에서 일하고 있었어요.
jeon i nyeon jeo ne geu hoe sa e seo il ha go i
sseo sseo yo
我兩年前曾在那家公司上過班。

-(으)ㄴ 후에
在…之後

說　明

接在動詞後面，表示做某個動作或行為之後，相當
於中文的「在...之後」。當動詞語幹以母音結束，
就接ㄴ 후에；當動詞語幹以子音結束，就接
은 후에；當動詞語幹以ㄹ結束，就要先刪掉ㄹ，
然後接ㄴ 후에。如果要表示某個時間點之後，可以
在時間名詞後方，加上「후에」。

例　句

저녁 먹은 후에 설거지해요.
jeo nyeok meo geun hu e seol geo ji hae yo
吃完晚餐後洗碗。

시험 끝난 후에 놀이공원에 놀러 갈래요?
si heom kkeun nan hu e no ri gong wo ne nol leo
gal lae yo
考試結束後一起去遊樂園玩，好嗎？

자료를 받은 후에 전화할게요.
ja ryo reul ppa deun hu e jeon hwa hal kke yo
我收到資料後，會打電話給你。

졸업 후에 그녀와 결혼할 거예요.
jo reop hu e geu nyeo wa gyeol hon hal kkeo ye yo
畢業後，我要和她結婚。

-고 나서
先…之後，再…

說　明

接在動詞後方，表示前一動作或行為結束後，接著
做下一個動作，相當於中文的「...然後...」。고 나
서強調的是前後兩個動作在時間上的發生順序，因
此主詞必須是同一個。

例　句

손을 씻고 나서 밥을 먹어요.
so neul ssit kko na seo ba beul meo geo yo
洗好手後吃飯。

야식을 먹고 나서 잡니다.
ya si geul meok kko na seo jam ni da
吃完消夜後睡覺。

영어 수업 끝나고 나서 뭐 할 거예요?
yeong eo su eop kkeun na go na seo mwo hal
kkeo ye yo
上完英文課後，你要做什麼？

영화를 보고 나서 한국요리를 먹을 거예요.
yeong hwa reul ppo go na seo han gu gyo ri reul
meo geul kkeo ye yo
看完電影後，要去吃韓國料理。

－아/어서
然後…

191

說　明

為連結語尾，接在動詞語幹後方，表示動作在時間
上的前後關係，也就是前面的子句動作發生之後，
才會發生後面子句的動作，此句型的兩個動作有極
為密切的關係。中文可以譯為「...然後...」。

例　句

시장에 가서 돼지고기를 샀어요.
si jang e ga seo dwae ji go gi reul ssa sseo yo
去市場買了豬肉。

커피 우유를 사서 마셨어요.
keo pi u yu reul ssa seo ma syeo sseo yo
買咖啡牛奶來喝了。

남자친구를 만나서 데이트했어요.
nam ja chin gu reul man na seo de i teu hae sseo
yo
跟男朋友見面，然後（一起）約會。

돈을 벌어서 자동차를 살 거예요.
do neul ppeo reo seo ja dong cha reul ssal kkeo
ye yo
我賺錢後要買車。

-(으)면서
一邊…一邊

說　明

接在動詞後方，表示句子前後兩個動作同時發生，相當於中文的「一邊...一邊」。當動詞語幹以母音或ㄹ結束時，就接면서；當動詞語幹以子音結束時，就用으면서。另外，要特別注意的一點是此句型前後兩個子句的主詞，必須是同一人。

例　句

걸으면서 음악을 들어요.
geo reu myeon seo eu ma geul tteu reo yo
邊走邊聽音樂。

술을 마시면서 노래를 불러요.
su reul ma si myeon seo no rae reul ppul leo yo
邊喝酒邊唱歌。

뉴스를 보면서 아침을 먹어요.
nyu seu reul ppo myeon seo a chi meul meo geo yo
邊看新聞邊吃早餐。

그녀는 요리책을 보면서 케이크를 만들고 있어요.
geu nyeo neun yo ri chae geul ppo myeon seo ke i keu reul man deul kko i sseo yo
她邊看料理書邊做蛋糕。

－자마자

一…就…

說　明

接在動詞語幹後方，表示前面的動作或事件一結束，馬上出現後面的動作或事件，相當於中文的「一…就…」。자마자前後兩個子句的主語不一定要相同。

例　句

유정이는 남자친구와 헤어지자마자 새로운 남자친구가 생겼어요.

yu jeong i neun nam ja chin gu wa he eo ji ja ma ja sae ro un nam ja chin gu ga saeng gyeo sseo yo

有貞一和男朋友分手，就又交了新的男朋友。

집에 돌아오자마자 저녁 식사를 준비하세요.

ji be do ra o ja ma ja jeo nyeok sik ssa reul jjun bi ha se yo

請你一回家就準備晚餐。

밖에 나가자마자 비가 내리기 시작했어요.

ba kke na ga ja ma ja bi ga nae ri gi si ja kae sseo yo

一出門就開始下雨。

ㅡ는 동안
在…的期間

194

| 說　明 |

接在動詞語幹後方，表示某個動作持續進行的時
間；若接在名詞後方，則使用동안。

| 例　句 |

여자친구를 기다리는 동안 영어 단어를 외웠어요.
yeo ja chin gu reul kki da ri neun dong an yeong
eo da neo reul oe wo sseo yo
在等女朋友的期間裡，背了英文單字。

앞으로 3개월 동안 그 회사에서 일할 거예요.
a peu ro sam gae wol dong an geu hoe sa e seo il
hal kkeo ye yo
往後三個月的期間，我會在那家公司上班。

제가 공부하는 동안에 준수 씨는 컴퓨터 게임을
하고 있었어요.
je ga gong bu ha neun dong a ne jun su ssi neun
keom pyu teo ge i meul ha go i sseo sseo yo
在我讀書的期間，俊秀在玩電腦遊戲。

내가 청소하는 동안 쓰레기 좀 버려주세요.
nae ga cheong so ha neun dong an sseu re gi jom
beo ryeo ju se yo
在我打掃的期間裡，幫我把垃圾拿去丟。

~부터 ~까지
時間的範圍

說　明

「부터」表示某個動作或狀態的起點；「까지」表示時間或距離上的限度、終點。如果要用韓文表示某一時間的範圍，可以使用「~부터 ~까지」的句型，相當於中文的「從...到...為止」。

例　句

몇 시부터 몇 시까지 일합니까?
myeot si bu teo myeot si kka ji il ham ni kka
你幾點到幾點要上班？

2월 15일부터 20일까지는 세일기간입니다.
i wol si bo il bu teo i si bil kka ji neun se il gi ga nim
ni da
2月15號到20號是打折期間。

시험 시간은 오전 9시부터 10시반까지예요.
si heom si ga neun o jeon a hop ssi bu teo yeol si
ban kka ji ye yo
考試時間是從上午九點到十點半。

~에서 ~까지

距離的範圍

說　明

「에서」表示某個行為或狀態的出發點或起點；「까지」表示時間或距離上的限度、終點。如果要用韓文表示某一距離的範圍，可以使用「～에서 ～까지」的句型，相當於中文的「從...到...」。

例　句

집에서 학교까지 멀어요?
ji be seo hak kkyo kka ji meo reo yo
你從家裡到學校遠嗎？

집에서 회사까지 버스로 20분쯤 걸려요.
ji be seo hoe sa kka ji beo seu ro i sip ppun jjeum
geol lyeo yo
從家裡到公司搭公車要花二十分鐘左右。

여기에서 동물원까지 어떻게 가요?
yeo gi e seo dong mu rwon kka ji eo tteo ke ga
yo
從這裡到動物園要怎麼去？

공항에서 여기까지 시간이 얼마나 걸려요?
gong hang e seo yeo gi kka ji si ga ni eol ma na
geol lyeo yo
從機場到這裡要花多少時間？

281

ㅡ(으)ㄴ 지
從…至今…

說　明

「(으)ㄴ 지」接在動詞語幹後方，表示時間的經過，相當於中文的「到現在已經…」。當動詞語幹以母音或ㄹ結束時，就接ㄴ지；當動詞語幹以子音結束時，就接은 지。

例　句

졸업한 지 얼마나 되었어요?
jo reo pan ji eol ma na doe eo sseo yo
畢業多久了？

한국어를 배운 지 이 년이 되었어요.
han gu geo reul ppae un ji i nyeo ni doe eo sseo
yo
我學韓語已經有兩年了。

여기서 일한 지 십 년이 넘었어요.
yeo gi seo il han ji sip nyeo ni neo meo sseo yo
我在這裡工作已經有十年了。

여기로 이사온 지 반 년정도 됐어요.
yeo gi ro i sa on ji ban nyeon jeong do dwae sseo
yo
搬來這裡，大概有半年了。

－지 않다

主體意識否定／單純否定

說　明

接在動詞、形容詞語幹後方，用來否定動作或狀態，相當於中文的「不...」。也可以將有否定意思的副詞「안」接在動詞或形容詞前方，兩種用法意義相同。

例　句

오늘 덥지 않아요.
o neul tteop jji a na yo
今天不熱。

어제 언니는 집에 돌아오지 않았어요.
eo je eon ni neun ji be do ra o ji a na sseo yo
昨天姊姊沒有回家。

그녀는 안 예뻐요.
geu nyeo neun an ye ppeo yo
她不漂亮。

저는 소고기를 안 먹어요.
jeo neun so go gi reul an meo geo yo
我不吃牛肉。

-지 못하다
不能… / 無法…

說　明

接在動詞語幹後方，表示沒有能力或因外在因素而無法做某事，相當於中文的「不能... / 無法...」。也可以將有否定意思的副詞「못」接在動詞前方，兩種用法意義相同。

例　句

제가 오늘은 회사에 가지 못해요.
je ga o neu reun hoe sa e ga ji mo tae yo
今天我沒辦法去上班。

나는 영어를 하지 못해요.
na neun yeong eo reul ha ji mo tae yo
我不會講英文。

새우는 알레르기 때문에 못 먹어요.
sae u neun al le reu gi ttae mu ne mot meo geo yo
因為我會過敏，所以不能吃蝦子。

죄송해요. 오늘 못 가요.
joe song hae yo o neul mot ga yo
對不起，我今天不能去。

– (으)ㄹ 수 있다/없다

可以… / 會…

200

說　明

接在動詞語幹後方，表示有無做某事的能力或可能性。當某人有能力或可以做某事時，就使用～(으)ㄹ 수 있다；當某人沒有能力或無法做某事時，就使用～(으)ㄹ 수 없다。另外，在「～(으)ㄹ 수 있다/없다」句型中的수後方，加上助詞，表示「強調」的意味。

例　句

창문을 열 수가 없어요.
chang mu neul yeol su ga eop sseo yo
窗戶打不開。

같이 미국에 갈 수 있어요?
ga chi mi gu ge gal ssu i sseo yo
可以和我一起去美國嗎？

나는 당신을 믿을 수 있어요.
na neun dang si neul mi deul ssu i sseo yo
我可以相信你。

너무 시끄러워서 잠을 잘 수가 없어요.
neo mu si kkeu reo wo seo ja meul jjal ssu ga eop
sseo yo
太吵了，沒辦法睡覺。

-(으)ㄹ 줄 알다/모르다
會… / 能夠…

MP3
201

說　明

「(으)ㄹ 줄 알다」接在動詞後方，表示知道做某事的方法或有其能力；反之，如果不知道做某事的方法或沒有其能力，就使用(으)ㄹ 줄 모르다。
當動詞語幹以母音或ㄹ結束時，就接ㄹ 줄 알다/모르다；當動詞語幹以子音結束時，就接을 줄 알다/모르다。

例　句

양복 다릴 줄 알아요?
yang bok da ril jul a ra yo
你會熨燙西裝嗎？

그 아이는 이미 신문을 읽을 줄 알아요.
geu a i neun i mi sin mu neul il geul jjul a ra yo
那個小孩已經會讀報紙了。

저는 한국어를 할 줄 모릅니다.
jeo neun han gu geo reul hal jjul mo reum ni da
我不會講韓語。

나는 스마트폰 쓸 줄 몰라요.
na neun seu ma teu pon sseul jjul mol la yo
我不會使用智慧型手機。

-(으)ㄴ 적이 있다/없다
曾經… / 不曾…

MP3 202

說　明

接在動詞語幹後方表示有無做過某事的經驗，相當
於中文的「曾經… / 不曾…」。
當動詞語幹以母音結束時，就接ㄴ 적이 있다；當
動詞語幹以子音結束時，就接은 적이 있다。

例　句

저는 제주도에 가 본 적이 없어요.
jeo neun je ju do e ga bon jeo gi eop sseo yo
我不曾去過濟州島。

대통령을 한 번 만난 적이 있어요.
dae tong nyeong eul han beon man nan jeo gi i
sseo yo
我曾經見過總統一次。

떡볶이 먹어 본 적이 있어요?
tteok ppo kki meo geo bon jeo gi i sseo yo
你吃過辣炒年糕嗎？

어릴때 수술을 받은 적이 있어요.
eo ril ttae su su reul ppa deun jeo gi i sseo yo
我小時候曾經動過手術。

-기로 하다
決定…

接在動詞語幹後方，表示說話者的決心或決定，另外也可以表示和他人約好要進行的某種行為。

例　句

내일부터 열심히 공부하기로 했어요.
nae il bu teo yeol sim hi gong bu ha gi ro hae sseo
yo
我決定從明天開始用功讀書。

친구와 같이 여행을 가기로 약속했어요.
chin gu wa ga chi yeo haeng eul kka gi ro yak sso
kae sseo yo
已經約好要和朋友一起去旅行了。

졸업 후에 한국에 유학 가기로 결심했어요.
jo reop hu e han gu ge yu hak ga gi ro gyeol sim
hae sseo yo
畢業後，我決定去韓國留學。

인형 이제 그만 모으기로 결심했어요.
in hyeong i je geu man mo eu gi ro gyeol sim hae
sseo yo
我決定不再收集娃娃了。

-아/어야 되다
必須…

MP3
204

說　明

表示必須要做的事或某種必然的情況，相當於中文的「必須... / 應該要...」。當語幹的母音是「ㅏ.ㅗ」時，就接아야 되다；如果語幹的母音不是「ㅏ.ㅗ」時，就接어야 되다；如果是하다類的動詞，就接여야 되다，兩者結合後會變成해야 되다。另外，也可以使用「아/어야 하다」的句型，兩者意義相同。

例　句

빨리 돈을 벌어야 돼요.
ppal li do neul ppeo reo ya dwae yo
要趕快賺錢才行。

자금이 있어야 됩니다.
ja geu mi i sseo ya doem ni da
必須要有資金。

도대체 어떻게 해야 돼요?
do dae che eo tteo ke hae ya dwae yo
到底該怎麼做？

먼저 준비해야 해요.
meon jeo jun bi hae ya hae yo
必須要先準備。

–고 싶다
想要…

說　明

接在動詞語幹後方，表示談話者的希望、願望。
相當於中文的「想要…」。고 싶다只能使用在主語
是第一人稱 (나、저) 或第二人稱 (당신、너) 時
，第三人稱 (그、그녀) 必須使用「~고 싶어하
다」。

例　句

날씨가 더워요. 아이스크림을 먹고 싶어요.
nal ssi kka deo wo yo a i seu keu ri meul meok
kko si peo yo
天氣很熱，想吃冰淇淋。

어느 나라에 여행을 가고 싶어요?
eo neu na ra e yeo haeng eul kka go si peo yo
你想去哪個國家旅行？

너무 피곤해서 자고 싶어요.
neo mu pi gon hae seo ja go si peo yo
太累了，我想睡覺。

동생은 부모님을 만나고 싶어해요.
dong saeng eun bu mo ni meul man na go si peo
hae yo
弟弟 (妹妹) 想見父母親。

-았/었으면 좋겠다
要是…就好了

206

說　明

接在動詞後方，表示期望或願望，相當於中文的「要是…。」當動詞語幹的母音是「ㅏ.ㅗ」時，就接았으면如果動詞語幹的母音不是「ㅏ.ㅗ」時，就接었으면 좋겠다；如果是하다類的動詞，就接했으면 좋겠다。另外，也可以使用「았/었으면 하다」的句型，兩者意義相同。

例　句

부모님께서 건강하게 오래 사셨으면 좋겠어요.
bu mo nim kke seo geon gang ha ge o rae sa
syeo sseu myeon jo ke sseo yo
希望父母親可以健康長壽。

원하는 회사에 취직했으면 좋겠어요.
won ha neun hoe sa e chwi ji kae sseu myeon jo
ke sseo yo
如果可以在自己喜歡的公司就職就好了。

일본에 출장을 갈 기회가 더 많았으면 합니다.
il bo ne chul jang eul kkal kki hoe ga deo ma na
sseu myeon ham ni da
如果去日本出差的機會再多一點就好了。

-아/어서
因為…所以…

說　明

表示前面的子句是後面子句的的原因或理由，相當
於中文的「因為…所以…」。如果語幹的母音是
「ㅏ.ㅗ」時，就接「아서」；如果語幹的母音不
是「ㅏ.ㅗ」時，就接어서；如果是하다類的動詞
，就接여서，兩者結合後會變成해서。如果接在
이다後方，就要使用이어서或이라서。在一般的
對話中，使用이라서。要特別注意的一點是時態
았/었(過去)、겠(未來)等，不可加在아/어서前方。

例　句

오늘 내가 기분이 좋아서 밥 사 줄게요.
o neul nae ga gi bu ni jo a seo bap sa jul ge yo
今天我心情好請你吃飯。

아침에 너무 바빠서 아무것도 못 먹었어요.
a chi me neo mu ba ppa seo a mu geot tto mot
meo geo sseo yo
早上太忙了，我什麼也沒吃。

비가 와서 밖에 나가고 싶지 않아요.
bi ga wa seo ba kke na ga go sip jji a na yo
因為下雨了，我不想出門。

-(으)니까
因為…

說　明

表示理由或原因，相當於中文的「因為…」。當語幹以母音或ㄹ結束時，就使用니까；當語幹以子音結束時，就要使用으니까。「(으)니까」的前方可以接時態았/었或겠，且通常和祈使句或勸誘句一起使用。

例　句

시간이 없으니까 나중에 갑시다.
si ga ni eop sseu ni kka na jung e gap ssi da
因為沒有時間，我們以後再去吧。

알았으니까 이제 제발 그만 좀 하세요.
a ra sseu ni kka i je je bal kkeu man jom ha se yo
我已經知道了，拜託你別再說了。

내일은 일찍 일어나야 하니까 일찍 주무세요.
nae i reun il jjik i reo na ya ha ni kka il jjik ju mu se yo
因為明天要早起，所以您早點睡吧。

-기 때문에
由於…

接在動詞或形容詞語幹後方，表示原因或理由，相當於中文的「因為... / 由於...」。是較文言一點的用法。如果要接在名詞後方，則使用때문에。

시간이 없기 때문에 여행을 갈 수 없어요.
si ga ni eop kki ttae mu ne yeo haeng eul kkal ssu eop sseo yo
因為我沒有時間，所以沒辦法去旅行。

비 때문에 못 가요
bi ttae mu ne mot ga yo
因為下雨沒辦法去。

당신 때문에 난 늘 아파요.
dang sin ttae mu ne nan neul a pa yo
因為你，我一直很痛苦。

그는 이미 퇴근했기 때문에 혼자서 일을 끝내야 돼요.
geu neun i mi toe geun haet kki ttae mu ne hon ja seo i reul kkeun nae ya dwae yo
因為他已經下班了，所以我必須獨自把工作做完。

- (으)세요

請求／命令

說　明

接在動詞後方，表示有禮貌地請求對方做某事，可以用於祈使句表達命令。相當於中文的「請你...」當動詞語幹以母音結束時，就使用세요；當動詞語幹以子音結束時，就要使用으세요。

例　句

여기 앉으세요.
yeo gi an jeu se yo
請坐這裡。

조금만 더 참으세요.
jo geum man deo cha meu se yo
請再忍耐一下。

그 책을 좀 갖다 주세요.
geu chae geul jjom gat tta ju se yo
請把那本書拿給我。

저기를 좀 보세요.
jeo gi reul jjom bo se yo
請看那裡。

-지 마세요
請不要⋯

說　明

「지 마세요」是「(으)세요」的否定用法，由表否定的「지 말다」和「(으)세요」組合而成。接在動詞語幹後方，表示有禮貌地請求對方不要做某事，為命令句型。

例　句

제발 떠나지 마세요.
je bal tteo na ji ma se yo
求你別離開。

일찍 주무시고 내일 지각하지 마세요.
il jjik ju mu si go nae il ji ga ka ji ma se yo
您早點睡，明天別遲到了。

그 편지를 보지 마세요.
geu pyeon ji reul ppo ji ma se yo
別看那封信。

이 소식은 다른 사람에게 말하지 마세요.
i so si geun da reun sa ra me ge mal ha jji ma se yo
這個消息別跟其他人說。

-(으)ㅂ시다
一起…吧

說　明

接在動詞語幹後方，表示向對方提出建議或邀請他人一起做某事。相當於中文的「一起...吧。／我們...好嗎？」。當動詞語幹以母音結束時，就使用ㅂ시다；當動詞語幹以子音結束時，就要使用읍시다。此句型不可以對比自己年紀大或社會地位比自己高的人使用。

例　句

내일 봅시다.
nae il bop ssi da
我們明天見。

맥주 한 잔 합시다.
maek jju han jan hap ssi da
我們喝杯啤酒吧。

토론을 시작합시다.
to ro neul ssi ja kap ssi da
開始討論吧。

빨리 좀 먹읍시다.
ppal li jom meo geup ssi da
我們吃快一點吧。

- (으) ㄹ까요?
要不要一起…?

說　明

接在動詞後方，表示提議或詢問對方的意見。也常用於說話者向聽話者提議要不要一起去做某事，相當於中文的「要不要一起…?」。當動詞語幹以母音或ㄹ結束時，就接ㄹ까요?；當動詞語幹以子音結束時，就接을까요?。

例　句

오늘 저녁에 같이 영화 볼까요?
o neul jjeo nyeo ge ga chi yeong hwa bol kka yo
今天晚上要不要一起去看電影?

우리 어디서 만날까요?
u ri eo di seo man nal kka yo
我們在哪裡見面?

퇴근 후에 같이 노래방에 갈까요?
toe geun hu e ga chi no rae bang e gal kka yo
下班後，要不要去唱歌?

피자를 먹을까요?
pi ja reul meo geul kka yo
要不要吃披薩?

-(으)ㄹ게요
我來…

說　明

接在動詞後方，表示說話者表明自己的意思或意願，同時也向聽話者做出承諾。相當於中文的「我來… / 我會…」。此句型只能用於第一人稱。

例　句

다시 전화할게요.
da si jeon hwa hal kke yo
我會再打電話給你。

걱정하지 마세요. 제가 꼭 도와 줄게요.
geok jjeong ha ji ma se yo je ga kkok do wa jul ge yo
別擔心，我一定會幫你。

내가 먼저 할게요.
nae ga meon jeo hal kke yo
我先來。

내가 기다릴게요.
nae ga gi da ril ge yo
我會等你。

-아/어 주세요
請幫我…

說　明

接在動詞後方，表示請求對方為自己做某事。當動詞語幹以「ㅏ.ㅗ」結束時，就使用아 주세요；其餘的則使用어 주세요；當接在하다類的動詞語幹後方時，就接여 주세요，兩者結合後會變成해 주세요。

例　句

어떻게 하는지 좀 알려주세요.
eo tteo ke ha neun ji jom al lyeo ju se yo
請告訴我該怎麼做。

부장님, 여기에 사인 좀 해 주세요.
bu jang nim yeo gi e sa in jom hae ju se yo
部長，請在這裡簽名。

이 선물을 받아 주세요.
i seon mu reul ppa da ju se yo
請收下這個禮物。

삼계탕 만드는 방법을 가르쳐 주세요.
sam gye tang man deu neun bang beo beul kka reu cheo ju se yo
請教我煮蔘雞湯的方法。

-(으)러 가다
去…做某事

說　明

「(으)러」接在動詞後方，表示移動的目的，後面通常會跟移動的動詞 (가다、오다、다니다、나가다、나오다、들어가다、들어오다等) 一起使用。相當於中文的「去...做某事 / 來...做某事」。當動詞語幹以母音或ㄹ結束時，就使用러；當動詞語幹以子音結束時，就要使用으러。

例　句

뭘 하러 왔어요?
mwol ha reo wa sseo yo
你來這裡做什麼？

한국말을 배우러 왔어요.
han gung ma reul ppae u reo wa sseo yo
我是來學韓語的。

아빠, 저녁 먹으러 가요!
a ppa jeo nyeok meo geu reo ga yo
爸，我們去吃晚餐吧！

여기에 자주 놀러 오세요.
yeo gi e ja ju nol leo o se yo
請常來這裡玩。

– (으)면
如果…的話…

說　明

接在動詞、形容詞或이다後方，表示條件或假設，
相當於中文的「如果...的話...」。當語幹以母音或
ㄹ結束時，就接면；當語幹以子音結束時，就接
으면。

例　句

내일 비가 오면 집에 있을 거예요.
nae il bi ga o myeon ji be i sseul kkeo ye yo
如果明天下雨，我就會在家。

대학교에 입학하면 한턱 낼게요.
dae hak kkyo e i pa ka myeon han teok nael ge
yo
如果我大學入取了，我就請你吃飯。

모르는 것 있으면 언제든지 물어보세요.
mo reu neun geot i sseu myeon eon je deun ji mu
reo bo se yo
如果你有不懂的地方，儘管問我。

돈 있으면 새 집을 사고 싶어요.
don i sseu myeon sae ji beul ssa go si peo yo
如果我有錢，我想買新房子。

– (으)려면

想要…的話…

說　明

接在動詞的後方，表示假設有某一計畫或意圖，相當於中文的「想要...的話......」。通常後面會跟著「아/어야 하다」或「(으)세요」等的句型。當動詞語幹以母音或ㄹ結束時，就接려면；當動詞語幹以子音結束時，就接으려면。

例　句

영어를 잘 하려면 어떻게 해야 할까요?
yeong eo reul jjal ha ryeo myeon eo tteo ke hae ya hal kka yo
英文想學好，該怎麼做呢？

좋은 대학에 입학하려면 열심히 공부해야 합니다.
jo eun dae ha ge i pa ka ryeo myeon yeol sim hi gong bu hae ya ham ni da
如果想進入好大學，就必須要認真讀書。

약사가 되려면 자격증이 필요해요.
yak ssa ga doe ryeo myeon ja gyeok jjeung i pi ryo hae yo
如果想當藥劑師，就需要資格證。

-(으)려고
為了…

219

說　明

連接在動詞語幹後面，表示說話者的目的或意圖，相當於中文的「為了...而... / 想要...而...」。當動詞語幹以母音或ㄹ結束時，就接려고；當動詞語幹以子音結束時，就接으려고。

例　句

집을 사려고 대출을 받았어요.
ji beul ssa ryeo go dae chu reul ppa da ssa yo
為了買房子去貸款了。

다이어트를 하려고 고기를 안 먹어요.
da i eo teu reul ha ryeo go go gi reul an meo geo yo
為了減肥，我不吃肉。

오빠는 책을 사려고 서점에 갔어요.
o ppa neun chae geul ssa ryeo go seo jeo me ga sseo yo
哥哥為了買書去了書局。

피아노를 배우려고 학원에 다녀요.
pi a no reul ppae u ryeo go ha gwo ne da nyeo yo
為了學鋼琴，去補習班上課。

-(으)려고 하다
打算…

說 明

連接在動詞語幹後面，表示意圖或計畫，相當於中文的「打算... / 想要...」。當動詞語幹以母音或ㄹ結束時，就接려고 하다；當動詞語幹以子音結束時，就接으려고 하다。

例 句

여기를 떠나려고 합니다.
yeo gi reul tteo na ryeo go ham ni da
我打算離開這裡。

결혼 자금을 모으려고 합니다.
gyeol hon ja geu meul mo eu ryeo go ham ni da
我打算存結婚資金。

여자친구에게 연애 편지를 쓰려고 해요.
yeo ja chin gu e ge yeo nae pyeon ji reul sseu
ryeo go hae yo
想寫封情書給女朋友。

컴퓨터를 새로 사려고 합니다.
keom pyu teo reul ssae ro sa ryeo go ham ni da
我想買一台新電腦。

－기 위해(서)
為了…

說　明

接在動詞後方，表示行動的目的或意圖，相當於中文的「為了…」。若接在名詞後方，則要使用「을/를 위해서」，若接在形容詞後方，則要使用「아/어/여지기 위해서」。另外，서可被省略。

例　句

나는 수영을 하기 위해서 수영복을 샀어요.
na neun su yeong eul ha gi wi hae seo su yeong
bo geul ssa sseo yo
為了游泳我買了泳衣。

남자친구와 데이트하기 위해서 화장을 했어요.
nam ja chin gu wa de i teu ha gi wi hae seo hwa
jang eul hae sseo yo
為了和男朋友約會，我化了妝。

건강을 위해 다이어트가 필요해요.
geon gang eul wi hae da i eo teu ga pi ryo hae yo
為了健康必須要減重。

여러분은 예뻐지기 위해 무슨 노력을 하나요?
yeo reo bu neun ye ppeo ji gi wi hae mu seun no
ryeo geul ha na yo
各位為了變漂亮，會做什麼努力呢？

-(으)ㄴ/는/(으)ㄹ 것 같다
好像…

說　明

表示對某事或某一狀態的推測，相當於中文的「好像…」。動詞過去式「(으)ㄴ 것 같다」用，現在式用「는 것 같다」，未來式用「(으)ㄹ 것 같다」，形容詞用「(으)ㄴ 것 같다」。

例　句

내일 눈이 내릴 것 같아요.
nae il nu ni nae ril geot ga ta yo
明天好像會下雪。

이 가방은 좀 비싼 것 같아요.
i ga bang eun jom bi ssan geot ga ta yo
這包包好像有點貴。

준수 씨는 집에 돌아간 것 같아요.
jun su ssi neun ji be do ra gan geot ga ta yo
俊秀好像回家了。

그녀가 소설을 읽고 있는 것 같아요.
geu nyeo ga so seol reul il kko in neun geot ga
ta yo
她好像在看小說。

－아/어도
即使…也…

說　明

接在動詞後方，表示不管前句的動作或情況如何，後句的情況還是會發生。相當於中文的「即使…也…」。當動詞語幹以「ㅏㅗ」結束時，就使用아도；其餘的則使用어도；當接在하다類的動詞語幹後方時，就使用해도。

例　句

많이 먹어도 배가 부르지 않아요.
ma ni meo geo do bae ga bu reu ji a na yo
即使吃再多，還是吃不飽。

바쁘셔도 자끔 연락하세요.
ba ppeu syeo do ja kkeum yeol la ka se yo
即使您很忙，偶爾也連絡一下吧。

입맛이 없어도 좀 먹어야죠.
im ma si eop sseo do jom meo geo ya jyo
就算沒有食慾，還是要吃一點。

돈이 있어도 다 팔리면 살 수 없어요.
do ni i sseo do da pal li myeon sal ssu eop sseo yo
就算有錢，如果賣完了還是買不到。

–아/어도 되다
可以…

說 明

表示允許或許可，相當於中文的「可以…」。當語幹的母音是「ㅏ.ㅗ」時，就接아도 되다；如果語幹的母音不是「ㅏ.ㅗ」時，就接어도 되다；如果是하다類的動詞，就接해도 되다。有時，也可以使用「좋다」或「괜찮다」取代되다。

例 句

화장실에 가도 돼요?
hwa jang si re ga do dwae yo
我可以去化妝室嗎？

사진 좀 찍어도 괜찮을까요?
sa jin jom jji geo do gwaen cha neul kka yo
我可以拍照嗎？

이 컴퓨터 써도 돼요?
i keom pyu teo sseo do dwae yo
我可以用這台電腦嗎？

이젠 안심해도 좋아요.
i jen an sim hae do jo a yo
現在你可以放心了。

－지 않아도 되다
不…也可以

說　明

接在動詞語幹後方，表示並非一定要去做某一行為，相當於中文的「不…也可以」。另外，也可以使用「안 아/어도 되다」的句型，兩者意義相同。

例　句

내일 학교에 오지 않아도 돼요.
nae il hak kkyo e o ji a na do dwae yo
你明天可以不用來學校。

유치원생은 버스 요금을 내지 않아도 됩니다.
yu chi won saeng eun beo seu yo geu meul nae ji
a na do doem ni da
幼稚園學生可以不必付公車錢。

이 서류는 제출하지 않아도 됩니다.
i seo ryu neun je chul ha ji a na do doem ni da
這份資料可以不用繳交。

그렇게 저를 걱정하지 않아도 돼요.
geu reo ke jeo reul kkeok jjeong ha ji a na do
dwae yo
您可以不用那麼擔心我。

-(으)면 안 되다
不能…／禁止…

說　明

由表假定條件的「(으)면」、表否定意義的「안」，以及有「許諾」意涵的「되다」結合而成，表示「禁止某一行為」。當語幹以母音或ㄹ結束時，就接면 안 되다；當語幹以子音結束時，就接으면 안 되다。

例　句

이 방에는 들어가면 안 돼요.
i bang e neun deu reo ga myeon an dwae yo
不可以進入這個房間。

여기서 사진 찍으면 안 됩니다.
yeo gi seo sa jin jji geu myeon an doem ni da
這裡不可以拍照。

강아지 키우면 안 돼요.
gang a ji ki u myeon an dwae yo
不可以養小狗。

아이를 이렇게 가르치면 안 돼요.
a i reul i reo ke ga reu chi myeon an dwae yo
不可以這樣教導孩子。

-군요/는군요
...啊！

說　明

表示說話者依自己親身體驗的事情，做出感嘆或評
價，相當於中文的「...啊！」。
動詞語幹後面加는군요；形容詞語幹後面加군요；
名詞後面加(이)군요。

例　句

오늘 정말 덥군요.
o neul jjeong mal tteop kku nyo
今天真熱啊！

이 영화 정말 재미있군요.
i yeong hwa jeong mal jjae mi it kku nyo
這部電影真好看啊！

저분이 교수님이시군요.
jeo bu ni gyo su ni mi si gu nyo
原來他是教授啊！

식사하시는군요.
sik ssa ha si neun gu nyo
您在用餐啊！

第五章

韓語會話短句

짧은 한국어 회화

안녕하세요.
an nyeong ha se yo
你好。

안녕히 가세요.
an nyeong hi ga se yo
再見。（向要離開的人）

안녕히 계세요.
an nyeong hi gye se yo
再見。（向留在原地的人）

어서 들어오세요.
eo seo deu reo o se yo
快請進。

잠깐 기다려 주세요.
jam kkan gi da ryeo ju se yo
請您稍等。

기다리게 해서 죄송합니다.
gi da ri ge hae seo joe song ham ni da
抱歉讓您久等了。

오시느라고 수고하셨어요.
o si neu ra go su go ha syeo sseo yo
您一路上辛苦了。

다음에 또 만나요.
da eu me tto man na yo

下次再見。

수고하셨어요.
su go ha syeo sseo yo
您辛苦了。

살펴 가십시오.
sal pyeo ga sip ssi o
請慢走。

그럼 먼저 실례하겠습니다.
geu reom meon jeo sil lye ha get sseum ni da
那我先告辭了。

常用問句

지금 어디예요?
ji geum eo di ye yo
你現在在哪裡？

언제입니까?
eon je im ni kka
何時？

누구세요?
nu gu se yo
您是哪位？

이건 누구 거예요?
i geon nu gu geo ye yo
這是誰的？

정말이에요?
jeong ma ri e yo
真的嗎？

그 분은 언제 돌아오시나요?
geu bu neun eon je do ra o si na yo
他什麼時候回來？

한 선생님 계세요?
han seon saeng nim gye se yo
韓老師在嗎？

그동안 잘 지내셨어요?
geu dong an jal jji nae syeo sseo yo
您最近過得好嗎？

바쁘세요?
ba ppeu se yo
你忙嗎？

이것이 무엇입니까?
i geo si mu eo sim ni kka
這是什麼？

마음에 드십니까?
ma eu me deu sim ni kka
你喜歡嗎？

오늘 무슨 일이 있었어요?
o neul mu seun i ri i sseo sseo yo
你今天有什麼事嗎？

누구에게 물어봐야 합니까?
nu gu e ge mu reo bwa ya ham ni kka
我該問誰呢？

그런 일이 있을 수 있겠어요?
geu reon i ri i sseul ssu it kke sseo yo
怎麼會有這種事呢？

저한테 말씀하시는 거예요?
jeo han te mal sseum ha si neun geo ye yo
您是在跟我說話嗎？

뭐 하나 여쭤봐도 돼요?
mwo ha na yeo jjwo bwa do dwae yo
我能問您一個問題嗎？

反　　問	

예?
ye
什麼？

네?
ne
什麼？

뭡니까?
mwom ni kka
什麼？

그래서?
geu rae seo

所以呢？

당신은?
dang si neun
你呢？

어땠어요?
eo ttae sseo yo
怎麼樣了？

왜요?
wae yo
為什麼？

어째서?
eo jjae seo
為什麼？

뭐라고요?
mwo ra go yo
你說什麼？

認識新朋友

처음 뵙겠습니다. 잘 부탁합니다.
cheo eum boep kket sseum ni da jal ppu ta kam ni
da
初次見面，請多關照。

성함이 어떻게 되세요?
seong ha mi eo tteo ke doe se yo
你尊姓大名？

저는 박신혜라고 합니다.
jeo neun bak ssin hye ra go ham ni da
我叫朴信惠。

저도 정은 씨를 알게 되어 기쁩니다.
jeo do jeong eun ssi reul al kke doe eo gi ppeum
ni da
我也很高興認識正恩小姐妳。

이렇게 만나 뵙게 되어 반갑습니다.
i reo ke man na boep kke doe eo ban gap sseum
ni da
見到您很高興。

당신도 한국 사람입니까?
dang sin do han guk sa ra mim ni kka
你也是韓國人嗎？

아니에요. 저는 대만 사람입니다.
a ni e yo jeo neun dae man sa ra mim ni da
不，我是台灣人。

나이가 어떻게 되십니까?
na i ga eo tteo ke doe sim ni kka
你幾歲？

좋은 친구가 되었으면 합니다.
jo eun chin gu ga doe eo sseu myeon ham ni da
希望我們可以成為好朋友。

말씀 많이 들었습니다.
mal sseum ma ni deu reot sseum ni da

久仰久仰。

어느 나라 사람입니까?
eo neu na ra sa ra mim ni kka
你是哪國人？

어느 나라에서 왔습니까?
eo neu na ra e seo wat sseum ni kka
你從哪裡來的？ / 你是哪國人？

주소와 전화번호를 알 수 있을까요?
ju so wa jeon hwa beon ho reul al ssu i sseul kka
yo
可以告訴我你住的地址和電話號碼嗎？

저는 부산에 살고 있습니다.
jeo neun bu sa ne sal kko it sseum ni da
我住在釜山。

介紹他人

누구세요?
nu gu se yo
你是誰？

이분은 제 동료 김태희입니다.
i bu neun je dong nyo gim tae hi im ni da
這位是我同事金泰熙。

저분은 건축회사 사장님 이효리입니다.
jeo bu neun geon chu koe sa sa jang nim i hyo ri
im ni da

那位是建築公司的社長李孝利。

실례지만 고려대학의 송 교수님이십니까?
sil lye ji man go ryeo dae ha gui song gyo su ni mi
sim ni kka
請問您是高麗大學的宋教授嗎？

이쪽은 제 친구 김태연입니다.
i jjo geun je chin gu gim tae yeo nim ni da
這位是我的朋友金太妍。

家庭背景	

가족이 몇 명이에요?
ga jo gi myeot myeong i e yo
您家有幾個人？

우리 가족은 아버지, 어머니 그리고 저 모두 셋이에
요.
u ri ga jo geun a beo ji, eo meo ni geu ri go jeo mo
du se si e yo
我們家有爸爸、媽媽，還有我共三個人。

우리 어머니는 의사예요.
u ri eo meo ni neun ui sa ye yo
我媽媽是醫生。

무슨 일을 하십니까?
mu seun i reul ha sim ni kka
你在做什麼工作？

아버님은 뭘 하세요?

a beo ni meun mwol ha se yo
你父親做什麼工作？

아버지는 무역 회사에 다니세요.
a beo ji neun mu yeok hoe sa e da ni se yo
我父親在貿易公司上班。

결혼했어요?
gyeol hon hae sseo yo
你結婚了嗎？

身體不適

어디가 편찮으십니까?
eo di ga pyeon cha neu sim ni kka
您哪不舒服？

어디가 아파요?
eo di ga a pa yo
你哪不舒服？

배가 아픕니다.
bae ga a peum ni da
我肚子痛。

이가 너무 아파서 거의 먹지 못해요.
i ga neo mu a pa seo geo ui meok jji mo tae yo
牙齒很痛，幾乎不能吃東西。

집에 약은 뭐가 있어요?
ji be ya geun mwo ga i sseo yo
家裡有什麼藥嗎？

목이 아파요.
mo gi a pa yo
喉嚨痛。

머리가 아파요.
meo ri ga a pa yo
頭痛。

다리를 다쳤어요.
da ri reul tta cheo sseo yo
腿受傷了。

기운이 없어요.
gi u ni eop sseo yo
沒力氣。

감기에 걸린 것 같아요.
gam gi e geol lin geot ga ta yo
我好像感冒了。

郵局寄信

이 편지를 타이페이에 부치려고 해요.
i pyeon ji reul ta i pe i e bu chi ryeo go hae yo
我想把這封信寄到台北。

삼백오십원짜리 우표를 부쳐야 돼요.
sam bae go si bwon jja ri u pyo reul ppu cheo ya
dwae yo
要貼350元的郵票。

얼마짜리 우표를 부쳐야 하지요?

eol ma jja ri u pyo reul ppu cheo ya ha ji yo
得貼多少錢的郵票？

주소를 잘못 쓰셨습니다.
ju so reul jjal mot sseu syeot sseum ni da
你寫錯地址了。

이 편지를 항공편으로 보내 주세요.
i pyeon ji reul hang gong pyeo neu ro bo nae ju se yo
這封信請寄航空信。

기념 우표를 사고 싶습니다.
gi nyeom u pyo reul ssa go sip sseum ni da
我想買紀念郵票。

이 엽서를 부치고 싶은데요.
i yeop sseo reul ppu chi go si peun de yo
我要寄這張明信片。

이 편지를 한국으로 보내려고 하는데요.
i pyeon ji reul han gu geu ro bo nae ryeo go ha neun de yo
我想寄這封信到韓國。

感情戀愛

남자친구가 있습니까?
nam ja chin gu ga it sseum ni kka
你有男朋友嗎？

오래간만이군요. 약혼하셨다면서요.

o rae gan ma ni gu nyo ya kon ha syeot tta myeon
seo yo

好久不見了，聽說你訂婚了。

신부 되실 분은 어떤 분이에요?

sin bu doe sil bu neun eo tteon bu ni e yo

新娘是個怎樣的人？

왜 빨리 결혼하지 않아요?

wae ppal li gyeol hon ha ji a na yo

你為什麼不早點結婚？

어떤 여자를 좋아해요?

eo tteon yeo ja reul jjo a hae yo

你喜歡怎麼樣的女生？

저 내년에 결혼할 거예요!

jeo nae nyeo ne gyeol hon hal kkeo ye yo

我明年要結婚了！

그녀는 제 여자친구입니다.

geu nyeo neun je yeo ja chin gu im ni da

她是我女朋友。

사귄지 벌써 3년이 되었습니다.

sa gwin ji beol sseo sam nyeo ni doe eot sseum ni
da

交往已經有三年了。

나랑 결혼해 줄래요?

na rang gyeol hon hae jul lae yo

你願意和我結婚嗎？

좋아하는 사람이 생겼어요.

jo a ha neun sa ra mi saeng gyeo sseo yo

我有喜歡的人了。

그녀에게 고백했어요.

geu nyeo e ge go bae kae sseo yo

我和她告白了。

지금까지 그녀에게 여섯 번 고백을 했어요.

ji geum kka ji geu nyeo e ge yeo seot beon go bae
geul hae sseo yo

目前為止我和她告白了六次。

나 너 좋아해도 돼?

na neo jo a hae do dwae

我可以喜歡你嗎？

전 그와 꼭 결혼할 거예요.

jeon geu wa kkok gyeol hon hal kkeo ye yo

我一定要和他結婚。

讀書學習

하루에 몇 시간씩 공부하시지요?

ha ru e myeot si gan ssik gong bu ha si ji yo

你一天讀書幾個小時？

하루에 3시간씩 공부해요.

ha ru e se si gan ssik gong bu hae yo

我一天讀書3個小時。

평소에 어디에서 공부합니까?

pyeong so e eo di e seo gong bu ham ni kka
你平常都在哪裡讀書的？

저는 한국어를 배우고 있습니다.
jeo neun han gu geo reul ppae u go it sseum ni da
我在學韓國語。

우롱차를 영어로는 무엇이라고 합니까?
u rong cha reul yeong eo ro neun mu eo si ra go
ham ni kka
烏龍茶的英文該怎麼說？

영어를 많이 가르쳐 주세요.
yeong eo reul ma ni ga reu cheo ju se yo
請你多教我英語。

저는 내일 시험이 있어서 공부를 해야겠어요.
jeo neun nae il si heo mi i sseo seo gong bu reul
hae ya ge sseo yo
因為我明天有考試，要念書。

時間日期

오늘은 4월11일이에요.
o neu reun sa wol si bi ri ri e yo
今天是4月11號。

오늘은 무슨 요일인가요?
o neu reun mu seun yo i rin ga yo
今天星期幾？

오늘은 토요일이에요.

o neu reun to yo i ri e yo
今天星期六。

저는 1988년 7월 5일생입니다.
jeo neun cheon gu baek pal ssip pal lyeon chi rwol
o il saeng im ni da
我是1988年7月5日出生的。

당신의 생일은 언제입니까?
dang si nui saeng i reun eon je im ni kka
你的生日是什麼時候？

그의 생일은 1월 18일입니다.
geu ui saeng i reun i rwol sip pa ri rim ni da
他的生日是1月18號。

오늘이 몇월 몇일이죠?
o neu ri myeo chwol myeo chi ri jyo
今天幾月幾號？

언제 한국에 오셨어요?
eon je han gu ge o syeo sseo yo
你什麼時候來韓國的？

작년 8월말에 왔어요.
jang nyeon pa rwol ma re wa sseo yo
去年8月底來的。

지금은 몇 시입니까?
ji geu meun myeot si im ni kka
現在幾點？

오후 2시 30분입니다.
o hu du si sam sip ppu nim ni da
下午2點30分。

몇 시에 돌아와야 하나요?
myeot si e do ra wa ya ha na yo
應該幾點回去？

健康狀況

건강은 어떠세요?
geon gang eun eo tteo se yo
你身體好嗎？

요즘 건강상태는 어때요?
yo jeum geon gang sang tae neun eo ttae yo
最近你的健康狀態怎麼樣？

요즘 몸 상태가 좋지 않아요.
yo jeum mom sang tae ga jo chi a na yo
最近身體不太好。

감기가 드디어 나았습니다.
gam gi ga deu di eo na at sseum ni da
感冒終於好了。

운동은 건강에 좋습니다.
un dong eun geon gang e jo sseum ni da
運動對健康很好。

건강을 되찾기 위해서 운동을 꾸준히 하려고요.
geon gang eul ttoe chat kki wi hae seo un dong

eul kku jun hi ha ryeo go yo
為了找回健康，我要勤於運動。

건강은 무엇보다 중요합니다.
geon gang eun mu eot ppo da jung yo ham ni da
健康最重要。

久未相見

오랜만이에요.
o raen ma ni e yo
好久不見。

잘 지내셨어요?
jal jji nae syeo sseo yo
你過得好嗎？

다시 만나서 정말 반가워요.
da si man na seo jeong mal ppan ga wo yo
真的很高興再見到你。

덕분에 잘 지내고 있어요.
deok ppu ne jal jji nae go i sseo yo
託您的福，我過得很好。

보고 싶었어요.
bo go si peo sseo yo
很想念你。

요즘은 통 못 뵈었네요.
yo jeu meun tong mot boe eon ne yo
最近一直沒看到你呢！

客套話

그동안 폐 많이 끼쳤습니다.
geu dong an pye ma ni kki cheot sseum ni da
這段時間給您添麻煩了。

무사히 잘 다녀오세요.
mu sa hi jal tta nyeo o se yo
祝你一路順風。

부모님께서는 별고 없으십니까?
bu mo nim kke seo neun byeol go eop sseu sim ni kka
你父母身體好嗎?

몸을 잘 돌보십시오.
mo meul jjal ttol bo sip ssi o
請多多保重。

그럼 잘 있어요.
geu reom jal i sseo yo
保重。

덕분에 아주 푹 잘 잤어요.
deok ppu ne a ju puk jal jja sseo yo
託你的福我睡得很好。

편히 쉬세요.
pyeon hi swi se yo
好好休息。

즐거운 쇼핑하세요.

jeul kkeo un syo ping ha se yo
祝你購物愉快。

向他人道歉

죄송합니다.
joe song ham ni da
對不起。

미안합니다.
mi an ham ni da
對不起。

한번만 용서해 주세요.
han beon man yong seo hae ju se yo
請您原諒我一次吧。

앞으로 꼭 주의하겠습니다.
a peu ro kkok ju ui ha get sseum ni da
我以後一定會注意。

정말 미안합니다. 많이 늦었죠?
jeong mal mi an ham ni da ma ni neu jeot jjyo
真對不起，我來晚了。

이거 귀찮게 해드려 정말 죄송합니다.
i geo gwi chan ke hae deu ryeo jeong mal jjoe
song ham ni da
對不起，難為您了。

정말 미안합니다.
jeong mal mi an ham ni da

真的很抱歉。

좀 양해해 주십시오.
jom yang hae hae ju sip ssi o
請見諒。

미안합니다. 제가 잘못했습니다.
mi an ham ni da je ga jal mo taet sseum ni da
對不起，我錯了。

늦게 와서 미안해요.
neut kke wa seo mi an hae yo
抱歉我來晚了。

사과하실 필요가 없습니다.
sa gwa ha sil pi ryo ga eop sseum ni da
您不需要道歉。

向他人道謝

감사합니다.
gam sa ham ni da
謝謝你。

고맙습니다.
go map sseum ni da
謝謝。

많은 도움 진심으로 감사드립니다.
ma neun do um jin si meu ro gam sa deu rim ni da
真心感謝你幫助我這麼多。

생일 선물 고마워요.
saeng il seon mul go ma wo yo
謝謝你給我的生日禮物。

고맙긴요.
go map kki nyo.
不用謝。

이렇게 도와줘서 감사합니다.
i reo ke do wa jwo seo gam sa ham ni da
謝謝你這樣幫我。

無法溝通

뭐라고요? 다시 말해줘요.
mwo ra go yo da si mal hae jjwo yo
什麼？你再說一遍。

뭐라고요? 잘 안 들려요.
mwo ra go yo jal an deul lyeo yo
什麼？我聽不見。

정말 이해 못하겠어요.
jeong mal i hae mo ta ge sseo yo
真的難以理解。

이게 무슨 뜻이죠?
i ge mu seun tteu si jyo
這是什麼意思？

방금 뭐라고 말씀하셨습니까?
bang geum mwo ra go mal sseum ha syeot sseum

ni kka
您剛才說什麼？

전혀 안 들려요.
jeon hyeo an deul lyeo yo
完全聽不見。

큰 소리로 얘기해 주세요.
keun so ri ro yae gi hae ju se yo
請講大聲一點。

무슨 뜻인지 잘 모르겠어요.
mu seun tteu sin ji jal mo reu ge sseo yo
不知道那是什麼意思。

좀 더 알기 쉽게 설명해 주실래요?
jom deo al kki swip kke seol myeong hae ju sil lae
yo
可以請你再說明清楚一點嗎？

談天論地

245

취미가 뭐예요?
chwi mi ga mwo ye yo
興趣是什麼？

당신의 직업에 만족하세요?
dang si nui ji geo be man jo ka se yo
你滿意你的工作嗎？

보통 하루에 몇 시간 근무하십니까?
bo tong ha ru e myeot si gan geun mu ha sim ni

kka
你通常一天工作幾個小時？

한국에서 가 보고 싶은 곳이 있습니까?
han gu ge seo ga bo go si peun go si it sseum ni
kka
你在韓國有想要去的地方嗎？

제주도에 가 보셨습니까?
je ju do e ga bo syeot sseum ni kka
你去過濟州島嗎？

특별히 좋아하는 배우가 있어요?
teuk ppyeol hi jo a ha neun bae u ga i sseo yo
你有特別喜歡的演員嗎？

탈춤이 무엇인지 아십니까?
tal chu mi mu eo sin ji a sim ni kka
你知道假面舞是什麼嗎？

어디로 여행 가실 계획입니까?
eo di ro yeo haeng ga sil gye hoe gim ni kka
您打算去哪旅行？

2주만에 체중 오킬로그램이 줄었어요.
i ju ma ne che jung o kil lo geu rae mi ju reo sseo
yo
我兩個禮拜瘦了五公斤。

아침에 몇 시에 일어나세요?
a chi me myeot si e i reo na se yo
你早上都起點幾床？

나는 근시라서 안경을 쓰고 있어요.
na neun geun si ra seo an gyeong eul sseu go i
sseo yo
因為我近視所以戴眼鏡。

나는 추위를 많이 타요.
na neun chu wi reul ma ni ta yo
我怕冷。

살이 좀 찐 것 같아 속상해요.
sa ri jom jjin geot ga ta sok ssang hae yo
我好像變胖了，好難過。

케이크를 만들 줄 아세요?
ke i keu reul man deul jjul a se yo
你會做蛋糕嗎？

그는 키가 얼마나 큽니까?
geu neun ki ga eol ma na keum ni kka
他多高？

대개 8시 10분에 일어나요.
dae gae yeo deop ssi sip ppu ne i reo na yo
大概在8點10分起床。

한국 음식 맛이 어때요?
han guk eum sik ma si eo ttae yo
韓國菜的味道怎麼樣？

한국 음식은 떡볶이가 유명해요.
han guk eum si geun tteok ppo kki ga yu myeong
hae yo

韓國飲食中辣炒年糕很有名。

대만에 오신 적이 있습니까?
dae ma ne o sin jeo gi it sseum ni kka
您來過台灣嗎？

온라인 게임에 관심이 있으세요?
ol la in ge i me gwan si mi i sseu se yo
你對網路遊戲感興趣嗎？

피아노를 배운 적이 있어요?
pi a no reul ppae un jeo gi i sseo yo
你學過鋼琴嗎？

내일 몇 시에 공연이 시작되죠?
nae il myeot si e gong yeo ni si jak ttoe jyo
明天演出幾點開始？

혹시 뮤지컬을 본 적 있으세요?
hok ssi myu ji keo reul ppon jeok i sseu se yo
你看過音樂劇嗎？

어떤 악기를 연주할 수 있나요?
eo tteon ak kki reul yeon ju hal ssu in na yo
你會演奏哪種樂器。

祝　賀　

축하합니다.
chu ka ham ni da
恭喜你！

생일 축하합니다.
saeng il chu ka ham ni da
生日快樂！

결혼 기념일 축하해요.
gyeol hon gi nyeo mil chu ka hae yo
祝賀結婚紀念日。

멋진 크리스마스를 보내길 바라요.
meot jjin keu ri seu ma seu reul ppo nae gil ba ra
yo
祝你有個愉快的聖誕節。

새해 복 많이 받으세요.
sae hae bok ma ni ba deu se yo
新年快樂！

승진을 축하합니다.
seung ji neul chu ka ham ni da
恭喜你升職。

결혼을 축하드려요!
gyeol ho neul chu ka deu ryeo yo
恭喜你結婚！

입학을 진심으로 축하드립니다.
i pa geul jjin si meu ro chu ka deu rim ni da
真心祝賀你入學。

행복하세요!
haeng bo ka se yo
祝你幸福！

행운을 빌겠습니다.
haeng u neul ppil get sseum ni da
祝你好運！

늘 건강하세요.
neul kkeon gang ha se yo
祝你永遠健康！

팀장으로 승진하신 거 축하드립니다!
tim jang eu ro seung jin ha sin geo chu ka deu rim
ni da
祝賀您榮升為隊長。

새해에는 더욱 더 건강하세요.
sae hae e neun deo uk deo geon gang ha se yo
祝您新年身體更加健康。

승진 진심으로 축하드립니다.
seung jin jin si meu ro chu ka deu rim ni da
真心恭喜你升職。

拜託他人

오늘은 예외로 할 수 없어요?
o neu reun ye oe ro hal ssu eop sseo yo
今天能不能破個例？

좀 더 자세히 설명해 주실 수 있나요?
jom deo ja se hi seol myeong hae ju sil su in na yo
能再仔細為我說明一下嗎？

나 집까지 좀 태워다 줄래요?

na jip kka ji jom tae wo da jul lae yo
你能送我回家嗎？

시간을 좀 내주실 수 있어요?
si ga neul jjom nae ju sil su it kket sseum ni kka
你能抽出點時間出來嗎？

당신이 꼭 도와 주셨으면 합니다.
dang si ni kkok do wa ju syeo sseu myeon ham ni
da
希望你能幫我。

開會討論

몇 시부터 회의를 시작합니까?
myeot si bu teo hoe ui reul ssi ja kam ni kka
幾點開始開會？

오후 한 시부터 두 시까지 회의를 합니다.
o hu han si bu teo du si kka ji hoe ui reul ham ni
da
下午一點到兩點開會。

지금 형편으로 보아서는...
ji geum hyeong pyeo neu ro bo a seo neun
以現在的情況來看....。

당신은 어느 편입니까?
dang si neun eo neu pyeo nim ni kka
你站在哪一邊？

아직 결정되지 않았습니다.

a jik gyeol jeong doe ji a nat sseum ni da
還沒決定。

사장님은 반대하고 있습니다.
sa jang ni meun ban dae ha go it sseum ni da
社長反對。

회의 결과는 어떻게 되었습니까?
hoe ui gyeol gwa neun eo tteo ke doe eot sseum
ni kka
開會的結果怎麼樣？

여기는 대체 뭐가 문제라서 그런 거예요?
yeo gi neun dae che mwo ga mun je ra seo geu
reon geo ye yo
這裡到底是什麼問題？

다섯 시까지는 회의를 끝냅시다.
da seot si kka ji neun hoe ui reul kkeun naep ssi
da
五點前結束會議吧。

이번에 누구 차례지요?
i beo ne nu gu cha rye ji yo
這次換誰了？

10분만 쉬도록 합시다.
sip ppun man swi do rok hap ssi da
我們休息十分鐘。

메모하세요.
me mo ha se yo

請記錄下來。

이제는 당신 차례입니다.
i je neun dang sin cha rye im ni da
現在換你了。

결정은 제가 합니다.
gyeol jeong eun je ga ham ni da
我來做決定。

여기까지 다른 질문은 없습니까?
yeo gi kka ji da reun jil mu neun eop sseum ni kka
到這裡為止有其他的問題嗎？

저도 부장님과 같은 의견입니다.
jeo do bu jang nim gwa ga teun ui gyeo nim ni da
我的意見和部長一樣。

저는 이 계획에 찬성합니다.
jeo neun i gye hoe ge chan seong ham ni da
我贊成這個計畫。

和他人談話時

됐어요. 얘기 그만해요.
dwae sseo yo yae gi geu man hae yo
行了，不要再說了。

솔직히 얘기해도 돼요?
sol jji ki yae gi hae do dwae yo
能實話實說嗎？

내일 얘기하면 안될까요?

nae il yae gi ha myeon an doel kka yo

明天再說好嗎?

얘기 좀 해줘요.

yae gi jom hae jwo yo

說給我聽聽。

난 벌써부터 알고 있었어요.

nan beol sseo bu teo al kko i sseo sseo yo

我早就知道了。

방금 어디까지 얘기했어요?

bang geum eo di kka ji yae gi hae sseo yo

剛才說到哪兒了?

다음에 만나서 얘기합시다.

da eu me man na seo yae gi hap ssi da

下次見面再聊吧。

말 안해도 알아요.

mal an hae do a ra yo

你不說我也知道。

영미씨, 나랑 잠깐 얘기 좀 해요.

yeong mi ssi na rang jam kkan yae gi jom hae yo

英美小姐，你和我聊聊。

나 할 말이 있어요.

na hal ma ri i sseo yo

我有話要說。

얘기 즐거웠습니다.
yae gi jeul kkeo wot sseum ni da
和你聊得很愉快。

난 할 말이 없어요.
nan hal ma ri eop sseo yo
我無話可說。

拒 絕

안 됩니다.
an doem ni da
不行。

싫어요.
si reo yo
不要。

거절합니다.
geo jeol ham ni da
我拒絕。

절대로 안 됩니다.
jeol dae ro an doem ni da
絕對不行。

유감스럽지만 지금은 안 됩니다.
yu gam seu reop jji man ji geu meun an doem ni
da
很遺憾，但現在不行。

미안해요. 할 수 없습니다.

mi an hae yo hal ssu eop sseum ni da
對不起，我沒辦法。

바빠서 못 가요.
ba ppa seo mot ga yo
我很忙沒辦法去。

거절 당했어요.
geo jeol dang hae sseo yo
我被拒絕了。

부디 저를 거절하지 마세요.
bu di jeo reul kkeo jeol ha ji ma se yo
千萬別拒絕我。

죄송합니다. 저도 해결해 줄 수 없습니다.
joe song ham ni da jeo do hae gyeol hae jul su
eop sseum ni da
對不起，我也沒辦法幫你解決。

지금 바쁘니까 다른 사람에게 부탁하세요.
ji geum ba ppeu ni kka da reun sa ra me ge bu ta
ka se yo
我現在很忙，你去拜託別人吧。

禁止與命令

말하지 마세요!
mal ha ji ma se yo
不要說！

움직이지 마!

um ji gi ji ma
不准動！

도중에 포기하지 마세요.
do jung e po gi ha ji ma se yo
請勿中途放棄。

큰 소리로 말하세요.
keun so ri ro mal ha sse yo
請大聲說。

조용히 하세요.
jo yong hi ha se yo
請安靜。

빨리 먹어요!
ppal li meo geo yo
快點吃。

오늘은 나가지 마세요!
o neu reun na ga ji ma se yo
今天別出門。

물을 낭비해서는 안 됩니다.
mu reul nang bi hae seo neun an doem ni da
不可以浪費水。

수업 중에는 다른 사람과 이야기하지 마세요.
su eop jung e neun da reun sa ram gwa i ya gi ha
ji ma se yo
上課時間不要和其他人講話。

韓語館 系列 05

輕鬆學韓語【生活實用篇】

 金妍熙　 呂欣穎　 翁敏貴

出版社

22103　新北市汐止區大同路三段１８８號９樓之１
TEL　（02）8647-3663
FAX　（02）8647-3660

法律顧問　方圓法律事務所　涂成樞律師

總經銷：永續圖書有限公司
永續圖書線上購物網
www.foreverbooks.com.tw

CVS代理　美璟文化有限公司
　　　　　TEL　（02）2723-9968
　　　　　FAX　（02）2723-9668
出版日　2012年07月

國家圖書館出版品預行編目資料

輕鬆學韓語. 生活實用篇 / 金妍熙著. -- 初版.
　-- 新北市：語言鳥文化, 民101.07
　　面；　公分. --（韓語館；5）
　ISBN 978-986-87974-6-8(平裝附光碟片)
　1. 韓語 2. 讀本
803. 28　　　　　　　　　　　101009996

輕鬆學韓語-生活實用篇

感謝你對這本書的支持，為了提供您更加完善的服務，請您詳細填寫本卡各欄，並可不定期收到本出版社最新資訊及優惠。您也可以使用傳真或是掃描圖檔寄回本公司信箱，謝謝。

傳真電話：
(02) 8647-3660

電子信箱：
yungjiuh@ms45.hinet.net

基本資料

姓名： _____ ○先生 ○小姐　電話： _____

E-mail： _____

地址： _____

購買此書的地點

□連鎖書店 □一般書局 □量販店 □超商

□書展 □郵購 □網路訂購 □其他

您對於本書的意見

內容	：	□滿意	□尚可	□待改進
編排	：	□滿意	□尚可	□待改進
文字閱讀	：	□滿意	□尚可	□待改進
封面設計	：	□滿意	□尚可	□待改進
印刷品質	：	□滿意	□尚可	□待改進

您對於敝公司的建議

語言是通往世界的橋梁

語言鳥 Parrot
語言是通往世界的橋梁

語言鳥 Parrot

語言是通往世界的橋梁